# 1.001 CURIOSIDADES DE LOS SUPERHÉROES

TOMÁS PARDO
PEDRO MONJE

# 1.001 CURIOSIDADES DE LOS SUPERHÉROES

UN SELLO DE EDICIONES ROBINBOOK
Información bibliográfica
C/ Industria, 11 (Pol. Ind. Buvisa)
08329 - Teià (Barcelona)
e-mail: info@robinbook.com
www.robinbook.com



Diseño de cubierta: Regina Richling
Imagen de cubierta: iStockphoto
Diseño interior: Paco Murcia
ISBN: 978-84-15256-72-4
Depósito legal: B-11 294-2014
Impreso por Sagrafic, Plaza Urquinaona, 14 7º 3ª, 08010 Barcelona

Impreso en España - *Printed in Spain*

Agradecemos la autorización para reproducir las imágenes de este libro a las agencias consultadas y lamentamos aquellos casos en que, pese a los esfuerzos realizados, ha sido imposible contactar.

*A JuanJo Sarto, por haberlo comenzado todo.*

Tomás Pardo

*A Nerea, narradora de historias y con el superpoder secreto de sacar los sueños de mi cabeza.*

Pedro Monje


## Agradecimientos

Gracias por su colaboración a Alberto Benavente, Antoni Guiral, Carles Santamaria, Cels Piñol, David Macho, Doc Pastor, Emma Pardo, Francesc Xavier Blasco, Jesús Rocamora, Marc Riera, Oriol Carreras, Raúl López y Vicent Sanchis.

# ÍNDICE

# PRÓLOGO

Escribir un libro es una aventura. No hay otra forma de definirlo. Puede ser buena, mala, entretenida o tediosa, pero siempre será una aventura y a todos nos encanta vivirlas. Pero claro está, aunque nos gustaría viajar a la Luna cada día, enfrentarnos a fantásticos seres marinos o escapar de las manos de un malvado hechicero, no es algo que podamos hacer cada día.

Aunque hay una forma en que sí y además es realmente sencilla: leer tebeos.

Te sientas en tu sofá, abres una cerveza, un poco de buena música, unas chuches y a viajar hasta increíbles e imposibles lugares durante un rato. Es magia de la buena, de esa que además requiere muy poco, solo ponerse a leer y dejar que las geniales creaciones de todos esos autores que tan bien conocemos nos inunden.

Claro está que en ocasiones es complicado seguirlos a todos. La cantidad de nombres que podemos citar es realmente larga, pero todavía más lo es la de sus personajes. Sí, seguramente recitaremos muchos, y otros tantos se nos olvidarán, es imposible. Por eso libros como el que tienes en tu mano son necesarios y siempre bienvenidos.

Quizá estés pensando que ya tienes volúmenes parecidos, puede ser (yo mismo lo hice en un primer momento), pero el contar algo, crear un nuevo libro conlleva que el proceso de la imaginación debe activarse. ¿Para qué vas a hacer lo mismo que otros ya han hecho antes? No tendría ningún sentido, y menos hoy cuando a un solo clic de nuestra *tablet* podemos ahogarnos en un mar de información.

Así que entonces, ¿qué tiene de interés este tomo? Lo primero una selección y eso es muy importante, pero más todavía es quienes la han hecho. Lógicamente esta serie de fichas tiene un comienzo y un final, por lo que la gran cantidad de personajes que existen no podía tratarse, no todos, había que hacer una gran labor de reflexión para escoger a los más adecuados. Esos que realmente son representativos y que marcaron a los lectores de cada época, y es en ese momento cuando uno piensa que solo personas como Pedro Monje y Tomás Pardo podrían haberlo hecho.

A mi entender eran necesarias varias destrezas: 1) Conocer el mundo del cómic de forma exhaustiva 2) Saber priorizar informaciones 3) Ser capaz de hacer una gran labor de síntesis y 4) Relacionar ideas. Dicho rápido y sencillo, hacía falta unos escritores que amaran los tebeos, así que ellos eran la mejor elección posible.

Pero tras este salto vuelvo a la pregunta, ¿qué tiene de interés este tomo? He respondido en parte, ya que el punto 4) Relacionar ideas es el que hace que este libro tenga *"su toque"*, porque no se queda solo en narrar hechos sabidos, además busca el cómo estos personajes están relacionados con la ciencia, en algunos casos adelantándose con décadas a su tiempo, dejando claro que el concepto visionario era más que adecuado para referirse a todos estos creadores.

¿Y qué nos toca hacer a nosotros los lectores?

Pasar a la página siguiente para así poder viajar hasta un mundo fantástico e imposible.

DOC PASTOR
COMUNICADOR CULTURAL

# 1. EL ORIGEN DE LOS SUPERHÉROES

## DICK TRACY

**Primera aparición:** 4 de octubre de 1931 en el *Detroit Mirror*
**Nombre real:** Dick Tracy .
**Aliados:** jefe Brandon, Pat Patton, Groovy Grove, profesor Groff, Johnny Adonis, Diet Smith.
**Enemigos:** 3D Magee, 88 Keys, Big Frost, Black Pearl, Mumbles, Flattop Jones, Itchy Oliver.
**Poderes y armamento:** relojes de alta tecnología, armas de fuego. Excelente tirador y gran detective. Suele ir equipado con tecnología de última generación.
**Creado por:** Chester Gould.

## El policía del cómic por antonomasia

Dick Tracy es un policía provisto de un inquebrantable sentido de la justicia. Utilizando lo último en tecnología hará frente a los más extravagantes villanos. El inteligente detective creado por Chester Gould se diferenciaba de otros personajes similares en que este no utilizaba únicamente sus puños o sus armas, sino que empleaba elementos de ciencia forense, así como dispositivos tecnológicos para atrapar a los culpables.

En 1946 presenta un invento revolucionario que hizo que toda una generación de niños soñara con tenerlo. Se trataba del 2-Way Wrist Radio. Un reloj de pulsera equipado con teléfono. Este dispositivo evolucionó en 1964 en el 2-Way Wrist TV, un reloj que incorporaba una pantalla de televisión.

En la década de los cincuenta, las tramas de las historias presentaban argumentos actuales como la corrupción policial, la delincuencia juvenil, el crimen organizado, entre otros problemas de la sociedad norteamericana de aquella época. Con los años ha trabajado de agente federal o en inteligencia naval (durante la II Guerra Mundial). Ha perseguido la delincuencia allá donde se encontrara. Algo que siguió tan al pie de la letra que lo llevó a viajar a la Luna tras la pista de unos criminales. Y es que durante la década de los sesenta, las aventuras de Tracy en la Luna tuvieron gran importancia. En ese momento las aventuras con alienígenas y el aumento de dispositivos de origen extraterrestre ocuparon muchas de las peripecias de Dick Tracy y aliados.

Dick Tracy acabaría casándose con su eterna novia, Tess Trueheart, con la que tuvo dos hijos: Bonnie Braids y Joseph Flintheart Tracy.

## Dick Tracy y el celuloide

Como muchos otros personajes de la época, Dick Tracy tuvo una gran presencia en la radio. En 1934 comenzaron las emisiones diarias del serial protagonizado por Dick Tracy en la NBC de Nueva Inglaterra. Estuvo en antena hasta septiembre de 1939. La serie estuvo de nuevo en antena desde el 15 marzo de 1943 hasta el 16 julio de 1948.

También tuvo fortuna como serial cinematográfico de la mano de Republic Pictures. En total fueron cuatro series. La primera fue *Dick Tracy* (1937), a la que le siguió *Dick Tracy Returns* (1938), *Dick Tracy's G-Men* (1939) y *The last was Dick Tracy vs. Crime Inc.* (1941). En 1945 se estrenó el primer largometraje dirigido por William Berke y protagonizado por Morgan Conway. A este le siguieron varios más, así como una serie de televisión (1950) y una de dibujos animados (1961). Pero quizás el largometraje más conocido fue el que se estrenó en 1990 y que estuvo dirigida y protagonizada por Warren Beatty. Madonna, Al Pacino, Dustin Hoffman y Charles Durning, fueron otros de sus protagonistas. La película tuvo siete nominaciones a los Oscar, ganando tres de ellos: Mejor dirección artística, canción y maquillaje.

## Relojes de última generación avanzados a su tiempo

El Superagente 86, Anacleto y Mortadelo y Filemón solían comunicarse a través de unos zapatos con un teléfono incorporado. Mucho más higiénico era el sistema que utilizaba Dick Tracy. Su reloj estaba equipado con un sistema transmisor con el que podía hablar telefónicamente sin necesidad de acudir a ninguna cabina. Este dispositivo, que utilizaba nuestro héroe en los años cuarenta, ya es una realidad.

Los *smartwatches*, que es como se conocen estos dispositivos, tienen previstas unas ventas globales para este 2014 de 8 millones. Estas cifras irán aumentando hasta alcanzar los 45 millones en 2017. En estos momentos el Galaxy Gear de Samsung tendría un 54% del mercado, Sony un 19%, Pebble un 16% y el 11% restante de marcas. La mayoría de estos relojes inteligentes se conectan vía Bluetooth a un smartphone y sirven, entre otras muchas funciones, para recibir mensajes y llamadas, acceder a redes sociales, hacer fotos y controlar nuestro estilo de vida o el ritmo cardíaco.

# FLASH GORDON

**Primera aparición**: 7 de enero de 1934 .
**Nombre real**: Steven Gordon.
**Aliados**: Dale Arden, Dr. Hans Zarkov, princesa Aura, príncipe Thun.
**Enemigos**: Ming el Despiadado.
**Poderes y armamento**: atleta profesional y excelente luchador.
**Creado por**: Alex Raymond y Don Moore.

## Flash Gordon, pionero en las viñetas

Flash Gordon, la gran estrella del equipo de fútbol americano de los New York Jets, y Dale Arden, su novia, viajan en avión cuando éste tiene que realizar un aterrizaje forzoso que los lleva a donde está el laboratorio del Dr. Zarkov, un científico que está ideando un sistema que evite que un gran meteorito choque contra nuestro planeta. Lo cierto es que la idea no es de las mejores que se le podían ocurrir, ya que consistía en enviar un cohete tripulado contra la gran roca. Y como el plan no era bueno, el resultado no podía ir peor: Flash, Dale y el Dr. Zarkov van a parar al desconocido planeta Mongo. Un lugar dominado de forma férrea por el dictador Ming el Despiadado. A partir de ese momento todo se complica. Ming descubre que la Tierra podría ser un buen lugar para conquistar. Por si fuera poco, se enamora de Dale Arden, al mismo tiempo que la princesa Aura, hija de Ming, hace lo propio con Flash Gordon.

En el planeta Mongo Flash logrará encontrar valiosos aliados como el príncipe Thun, de los hombres león; el príncipe Barin; el príncipe Vultan; la reina Desira o el rey Kala, entre otros. Tras la derrota de Ming, el príncipe Barin, casado con la princesa Aura, será el nuevo rey de Mongo. Pero ese no será el fin de Ming, ya que lo intentos por recuperar su trono serán continuos.

## Furor Flash Gordon en los medios

El éxito de las tiras se trasladó a otros medios de forma casi inmediata. El más rápido fue su serial radiofónico. *The Amazing Interplanetary Adventures of Flash Gordon* inició su emisión el 22 de abril de 1935 y finalizó el 26 de octubre del mismo año. Dos días después se inició *The Further Interplanetary Adventures of Flash Gordon*. Esta serie incluyó la presencia de *Jungle Jim*, personaje también creado por Alex Raymond.

En el cine tuvo tres seriales protagonizados por Buster Crabbe: *Flash Gordon* (1936), *Flash Gordon's Trip to Mars* (1938) y *Flash Gordon Conquers the Universe* (1940). Pero la versión más conocida es la que dirigió Mike Hodges en 1980 y que estuvo protagonizada por Sam J. Jones, Melody Anderson, Topol, Max von Sydow, Timothy Dalton y Ornella Muti. Una película que se ha convertido en un film de culto y que contó una sobresaliente banda sonora a cargo del grupo musical Queen. Estaba prevista una secuela ambientada en Marte, pero las desavenencias entre su protagonista y el productor Dino De Laurentiis imposibilitaron cualquier posibilidad de que llegara a buen puerto.

Flash Gordon también ha tenido presencia en televisión. Como serie de acción real tuvo una adaptación en 1954 protagonizada por Steve Holland. En el 2007 tuvo otra oportunidad de la mano de Sci-Fi Channel. Fueron tan solo 22 episodios protagonizados por Eric Johnson. Aunque quizás, sea su serie de animación, emitida en 1979, la más conocida de todas.

## Cinco minutos para el futuro

En 2013 la empresa holandesa Mars One, una organización sin ánimo de lucro, buscaba voluntarios para fundar la primera colonia humana en Marte. La intención de esta organización es la de reclutar voluntarios para establecer una colonia humana en el planeta rojo. Un asentamiento habitable y sostenible, capaz de recibir nuevos astronautas cada dos años. La «pega» del proyecto es que el viaje es sólo de ida. Otra peculiaridad de este viaje es que se transmitirá por televisión a todo el mundo. Será una suerte de *Gran Hermano* que será la principal fuente de financiación de proyecto. Y es que desde la página oficial de Mars One, se apunta que el primer vuelo costaría cerca de 6.000 millones de dólares.

El diciembre de 2013 se realizó la primera ronda de selección de los futuros astronautas. De los más de 200.000 candidatos se seleccionaron 1.058, 40 de ellos españoles. Aún tendrán que haber varias cribas más hasta seleccionar a las 25 personas que obtendrán un billete de ida (pero no de vuelta) a Marte.

Según las previsiones Mars One enviará un satélite de comunicaciones y material en 2016. En los siguientes años llegarán suministros y materiales hasta abril del 2023 que será cuando aterrizarán los 4 primeros aventureros en Marte.

# MANDRAKE EL MAGO
## (Mandrake the Magician)

**Primera aparición:** 11 de junio de 1934.
**Nombre real:** Mandrake.
**Aliados:** Lothar, Narda, Theron, Karma, Hojo.
**Enemigos:** Cobra, Derek, Camello de barro, Aleena la hechicera.
**Poderes y armamento:** magia, hipnosis, telepatía.
**Creado por:** Lee Falk

### Un mago avanzado a su tiempo

Décadas antes de que Harry Potter se graduara en el Colegio Hogwarts de Magia y Hechicería hizo lo propio Mandrake (conocido en España también como Merlín el mago moderno) en el Colegio de Magia del Tíbet.

Las habilidades de Mandrake han ido variando con el tiempo y ajustándose a las necesidades del guionista. Sus poderes mágicos del principio fueron derivando hacia capacidades como la hipnosis masiva o la telepatía. Estas habilidades se incrementaron gracias a uno de los dos cubos de cristal (el otro está en posesión de Theron, el director de la Escuela de Magia) que aumentan los poderes de quien lo utiliza. Precisamente este será un tema recurrente en la serie ya que Cobra, su mayor adversario y antiguo profesor del Colegio de la Magia, intentará por todos los medios hacerse con uno de ellos.

En sus aventuras suele estar acompañado por el príncipe africano Lothar (o Lotario según el traductor) y su novia Karma, además del chef japonés Hojo, que en secreto es el director de la agencia contra el crimen Inter-Intel. En 1997 Mandrake se casó con Narda, la princesa del ficticio país europeo de Cockaigne. Todos ellos viven en Xanadú, la residencia fortificada de Mandrake.

## La magia también invade la radio

Entre el 11 de noviembre de 1940 hasta el 6 de febrero de 1942 se emitió un serial radiofónico protagonizado por Mandrake. Como curiosidad destacar que la por entonces joven actriz Jessica Tandy, ponía la voz a la princesa Narda. En 1939, Columbia Pictures produjo una serie en doce entregas basada en las tiras de *Mandrake el Mago* protagonizada por Warren Hull, quien también actúo en los seriales de *Buck Rogers*, *Dick Tracy Returns* o *The Green Hornet Strikes Again!*, entre otros.

El resto de los intentos de llevar a Mandrake a la pequeña o gran pantalla no tuvieron demasiada fortuna. En 1979 el director Harry Falk (*Lou Grant, Dinastía*) adaptó el personaje a la pequeña pantalla bajo el sobrio título de *Mandrake*. Entre los muchos proyectos fallidos destaca el que Federico Fellini, amigo de Lee Falk, intentó llevar a la gran pantalla en 1960 pero que no prosperó.

## Hipnotismo: ¿ciencia o magia?

Aunque ya existen precedentes históricos del uso de técnicas similares a la hipnosis empleada por los egipcios, no sería hasta que Franz Anton Mesmer leyera su tesis doctoral titulada *De planetarium Influxu* en 1766 que la técnica se da a conocer. En ella formula la Teoría del Magnetismo Animal, en la que expone que todos los seres vivos irradian una energía que puede transmitirse de unos a otros, llegando a tener una aplicación terapéutica. Esta técnica que aplicaba para curar a los enfermos se denominaba curaciones mesméricas. En

1843 el cirujano escocés James Braid acuña el término *hipnosis* en el libro *Neurypnology: or the Rationale of Nervous Sleep*. En él definía la hipnosis como un «sueño nervioso» diferente al sueño corriente. Entre los métodos para llevarlo a cabo, el más eficiente era fijando la mirada del paciente en un objeto brillante en movimiento.

En la actualidad la hipnosis se utiliza para combatir fobias, inseguridades o adicciones. Pero a diferencia de las técnicas empleadas por Mandrake, para que a uno lo hipnoticen, lo primero que tiene que tener esta persona es voluntad de ser hipnotizada. En caso contrario, ni veremos elefantes volando ni notaremos como nuestros miembros se vuelven pesados. Uno, dos, tres…

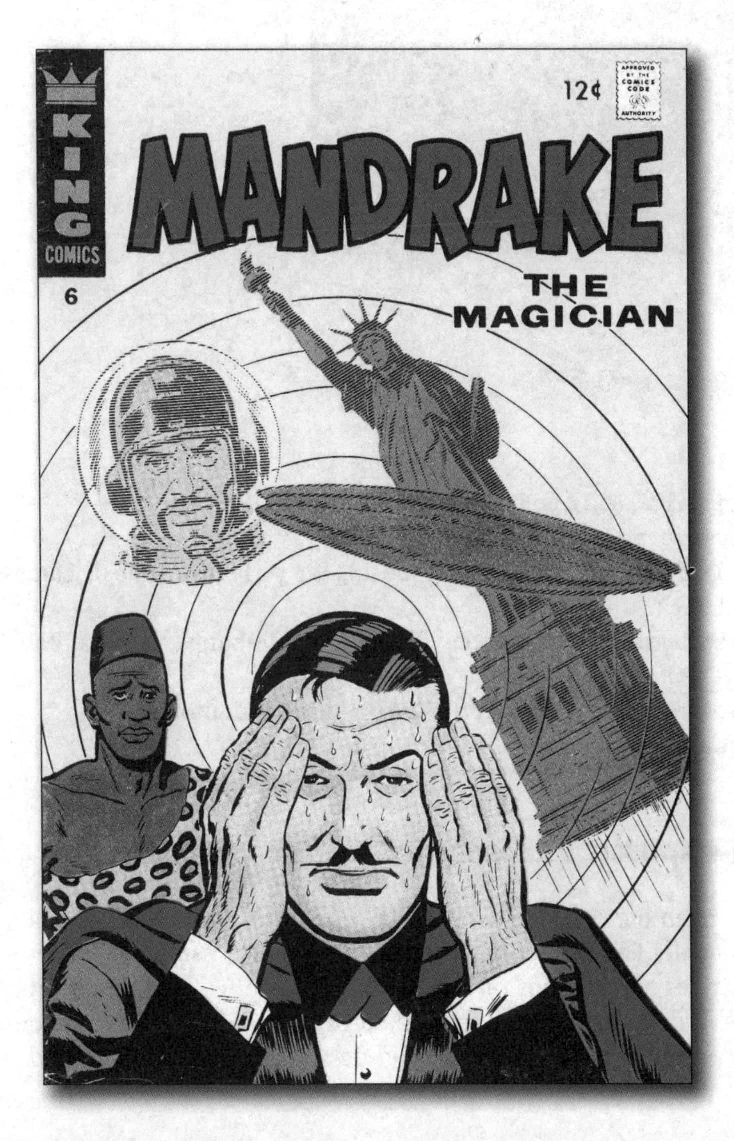

# THE PHANTOM (El Hombre Enmascarado)

**Primera aparición:** 17 de febrero de 1936.
**Nombre real:** Kit Walker.
**Aliados:** Diana Palmer (esposa), Kit y Heloise (hijos), Lamanda Luaga.
**Enemigos:** la Hermandad Singh, Kigali Lubanga, General Bababu, The Python.
**Poderes y armamento:** dos pistolas semiautomáticas.
**Creado por:** Lee Falk.

## El espíritu que camina sienta cátedra

El origen ficticio del personaje hay que buscarlo en 1536, cuando, en aguas del Pacífico, el barco en el que viajan Cristopher Walker y su padre es atacado por piratas Singh. Christopher es el único superviviente de la batalla. Moribundo, llega hasta la playa Bengalla donde encontrará el cadáver del asesino de su padre. Sobre su cráneo, jura que él y sus descendientes combatirán la piratería allá donde se encuentre. A partir de ese momento toma el nombre de El Fantasma y ataviado con una máscara, un uniforme púrpura y dos pistolas persigue y se enfrenta a la hermandad Sigh en busca de su exterminio. Cuando un Fantasma muere, su descendiente hereda el traje y motivaciones creando la idea de que es inmortal. Si bien tanto las tiras diarias donde lo vieron nacer, como en los distintos cómics que se publican el protagonista es el Fantasma número XXI, es habitual que los guionistas recurran a *flash+backs* para narrar las aventuras de sus antecesores.

El Fantasma, también conocido como el «Espíritu que camina» o «El hombre que nunca muere», dispone de dos pistolas, que sólo utiliza como elemento disuasorio o para desarmar a sus enemigos, nunca para matarlos, y dos anillos. En la derecha uno con la imagen de una calavera, con el que marca a los criminales. En la izquierda un símbolo con el que señala a aquellos que lo ayudan en un momento u otro. Habitualmente le acompañan dos mascotas: un lobo llamado Devil (Satán o Diablo según el traductor) y un caballo blanco llamado Héroe. En 1978 contrajo matrimonio con Diana Palmer, su eterna novia. De esta relación nacieron los gemelos Kit y Heloise, que en un futuro tendrán que enfundarse el uniforme del Fantasma.

## El Fantasma y sus conatos fuera de las tiras de prensa

La primera aparición del Fantasma fuera de las tiras diarias fue en la serie producida por Columbia Pictures en 1943. El actor Tom Tyler, responsable de interpretar también al Capitán Marvel en el serial *The Adventures of Captain Marvel*, fue el encargado de dar vida al personaje. En la serie utilizaron el nombre de Geoffrey Prescott en lugar de Kit Walker. El motivo fue bien sencillo, en las tiras, hasta ese momento, no se había utilizado el nombre real del personaje. La siguiente aparición del personaje fue en la serie de dibujos *Los Defensores de la Tierra*, en donde *El Fantasma* formaba equipo con *Flash Gordon* y *Mandrake el Mago*, todos ellos personajes propiedad de King Features Syndicate. El fantasma que camina también protagonizó la serie de dibujos *Phantom 2040* (1994). En diciembre de 2009 el canal Syfy estrenó *The Phantom*, una miniserie de dos capítulos protagonizada por el actor Ryan Carnes, en el papel del hijo del Fantasma 21.

Aunque quizás su adaptación más popular sea la que dirigió Simon Wincer en 1996. *The Phantom* estuvo protagonizada por Billy Zane, Kristy Swanson, Catherine Zeta-Jones y Treat Williams, entre otros. Si bien estaban previstas varias secuelas de la película, al no alcanzar el éxito deseado la idea fue inmediatamente desechada.

## Lo que pudo haber sido y no fue

El maestro del spaghetti western Sergio Leone tenía previsto llevar al personaje a la gran pantalla pero su muerte en 1989 trastocó este y otros planes. Dino De Laurentiis le ofreció a Leone dirigir *Flash Gordon.* El director declinó la oferta al observar que el guión no respetaba al personaje de Alex Raymond. Pero Sergio Leone empezó a trabajar en una posible adaptación del Espíritu que camina a la gran pantalla. No sólo buscó localizaciones, sino que tenía planeado continuar con un proyecto basado en otro personaje de Lee Falk: *Mandrake el Mago. Érase una vez en América* primero y la muerte del director después, impidió que llegase este proyecto llegase a buen puerto.

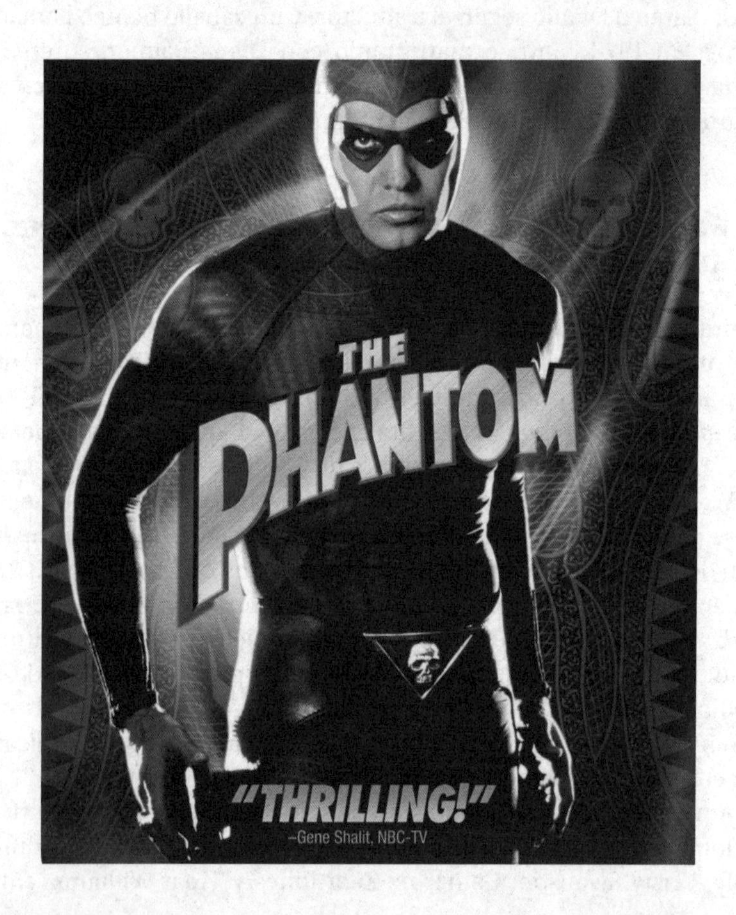

# EL PRÍNCIPE VALIENTE (Prince Valiant in the Days of King Arthur)

**Primera aparición:** 13 de febrero de 1937.
**Nombre real:** Valiente.
**Aliados:** Los Caballeros de la Tabla Redonda, reina Aleta.
**Enemigos:** Sligon, Morgan Le Fay, Karnak, sajones, vikingos.
**Poderes y armamento:** Valiente es un hábil estratega y un maestro con la espada.
**Creado por:** Hal Foster.

## Harold Foster, leyenda y legado

*El Príncipe Valiente* es la creación más importante y reconocida de Harold Foster, uno de los grandes autores clásicos del cómic norteamericano. Valiente es hijo del rey exilado de Thule que ha sido destronado por el usurpador Sligon. La familia y unos pocos seguidores se instalan en unos pantanos de la costa de Inglaterra. Es aquí donde transcurren sus primeras aventuras hasta que la fortuna le hace coincidir con el caballero sir Gawain al que le salva la vida. Este hecho favorecerá su entrada en la corte del Rey Arturo, primero como escudero y, más adelante, como caballero de pleno derecho. Allí compartiría aventuras con el resto de integrantes de la Tabla Redonda, tanto con Lancelot o el propio Gawain, como con la reina Ginebra, el mago Merlín o mismísimo rey Arturo, el cuál ayudaría al padre de Valiente a recuperar su reino. La influencia de elementos de las leyendas artúricas, ayudan a que estas historias muchas veces estén vinculadas a elementos fantásticos y sobrenaturales como la magia de Merlín y Morgan Le Fay. Pero a medida que la serie adquiere un tono más realista estos elementos van desapareciendo. Esta situación se va normalizando a medida que abandona Inglaterra y a los miembros de la Tabla Redonda, por aventuras en países lejanos. En uno de esos viajes conocería a la reina Aleta, gobernanta de las Islas Brumosas, un lugar ficticio ubicado en pleno Mediterráneo. De aquella relación nacerían varios hijos, entre ellos el príncipe Arn, que es el actual protagonista de la serie, aunque sin que ello afecte al título de la serie.

## El Principe se da a conocer en la pantalla

Como tantos otros personajes que se hicieron populares con su aparición en la prensa diaria, el Príncipe Valiente ha tenido varias oportunidades en la gran y pequeña pantalla. En 1954, el director Henry Hathaway (*La jungla en armas, Niágara*) realizó la primera adaptación cinematográfica de la obra de Harold Foster. *El príncipe Valiente* (*Prince Valiant*), estuvo protagonizada por un joven Robert Wagner, acompañado por Janet Leigh y James Mason, entre otros. La siguiente adaptación llegaría en 1997, esta vez de la mano de Anthony Hickox (*Hellraiser III*). Estrenada en España como *Las aventuras del Príncipe Valiente* (*Prince Valiant*) no alcanzó ni la fama ni el éxito de su predecesora. Protagonizada por el televisivo Stephen Moyer, contó cómo compañeros de reparto a los veteranos Edward Fox, Udo Kier y Ron Perlman. El director del film se reservó el papel de Sir Gawain para él mismo.

El Príncipe Valiente también tuvo su adaptación en serie de dibujos animados. Bajo el título *La leyenda del Príncipe Valiente* (*The Legend of Prince Valiant*) se emitieron entre 1991 y 1994 un total de 65 episodios en dos temporadas.

## La piedra filosofal, ¿lejos de ser una utopía?

El aliado más famoso del rey Arturo fue el mago Merlín y, al igual que este, su origen está rodeado de misterio. Merlín tenía numerosas habilidades como la de cambiar de forma, hacerse invisible, comunicarse con los animales, controlar el clima o extraordinarios conocimientos alquimistas. Entre estos estaría el de la piedra filosofal, una sustancia mítica que serviría para transmutar el plomo en oro.

En la actualidad y gracias a la física nuclear, se ha demostrado que es posible convertir plomo en oro extrayendo los tres protones de un átomo de plomo hasta llegar a los 79 protones necesarios para tener un átomo de oro. El problema es que no es rentable debido a la cantidad de energía que se necesita para ello. Recientemente, investigadores de la Universidad Estatal de Michigan, han descubierto una bacteria (metallidurans cupriadvidus) que en aproximadamente una semana transforman las toxinas del cloruro de oro en oro.

# 2. NACE EL SUPERHOMBRE

## SUPERMAN

**Primera aparición:** *Action Comics* n.º 1 (abril de 1938).
**Nombre real:** Kal-El, Clark Kent.
**Aliados:** Batman, Supergirl, Superboy, Acero, Liga de la Justicia de América, Wonder Woman, Krypto, Legión de Superhéroes.
**Enemigos:** Lex Luthor, Zod, Doomsday, Bizarro, Brainiac, Metallo, Parasito, Darkseid, Mongul.
**Poderes y armamento:** Fuerza, velocidad, invulnerabilidad, curación y resistencia sobrehumana, capacidad de volar, rayos X, visión calorífica, superoído.
**Creado por:** Jerry Siegel y Joe Shuster.

## El Hombre de Acero, icono de los superhéroes

**Superman** es el mayor superhéroe de la historia y todo un icono del noveno arte. Nacido en el planeta **Krypton**, sus padres genéticos le salvaron de la muerte de su planeta natal enviándole a La Tierra en un cohete espacial. En nuestro planeta, el personaje creado por **Jerry Siegel** y **Joe Shuster** fue recogido y adoptado por **Jonathan** y **Martha Kent**, quienes le educaron en los valores de la paz y la libertad. Educado en **Smallville**, al acabar el instituto el joven **Clark Kent** viajó hasta **Metrópolis**, donde empezó a trabajar como periodista en el **Daily Planet**. Allí conoció a quien sería el amor de su vida, **Lois Lane**, y abrazó definitivamente la cultura y las costumbres terrestres, prometiéndose que protegería siempre el planeta que le había acogido de todos los enemigos que le amenazaran, ya fuera desde empresarios codiciosos como **Lex Luthor** o amenazas extraterrestres como **Brainiac** o **Doomsday**. Por las páginas de Superman han desfilado los mejores autores, incrementando la potencia del mito y llevando sus aventuras a todos los rincones de los cinco continentes. Además de sus creadores, destacan figuras como **Mort Weisinger, Curt Swan, Wayne Boring, Alan Moore, John Byrne, Dan Jurgens, Grant Morrison** o **Frank Quitely**.

## Omnipresencia kryptoniana

Con más de setenta y cinco años de historias a sus espaldas, ya desde un principio las adaptaciones a otros medios se extendieron como la pólvora. Desde famosos seriales de radio hasta tiras de prensa dominicales pasando por parques temáticos u obras teatrales, sin olvidar por supuesto la presencia en la gran y pequeña pantalla en incontables películas y series de televisión. Entre todos los actores que se han puesto las mallas del Hombre de Acero destaca por encima del resto **Christopher Reeve**, aquel que nos hizo creer que era posible volar, aunque el listado de figuras que han encarnado a Superman incluye sobre todo a actores como **George Reeves** (serie de televisión de los cincuenta), **Dean Cain** (en las *Aventuras de Lois y Clark*), **Tom Welling** (en el papel de Clark Kent en *Smallville*), **Brandon Routh** (en *Superman Returns*) o más recientemente **Henry Cavill**. Estas aventuras así como la de los cómics sirvieron para que a comienzos del presente siglo el icono de Superman fuera la tercera marca más reconocida en todo el mundo, tan solo por detrás de la Cruz Roja y de Coca Cola. Superman es universal.

## Un héroe limitado

Durante los primeros días de publicación, los poderes de Superman estaban todavía sin desarrollar completamente. No en vano, el Hombre de Acero no podía volar durante sus primeras aventuras y se limitaba a dar «grandes saltos». La explicación oficial a esta capacidad y a su enorme fuerza radicaba en la diferencia entre la gravedad de su planeta natal y la de la Tierra, quince veces inferior. Originalmente Superman podía saltar 150 metros, lo cual podría traducirse en una altura de 10 metros para un ser humano normal y podía levantar pesos de hasta 2500 kilogramos con poco esfuerzo gracias a la diferencia de gravedad. Con el paso del tiempo y la creciente popularidad de Superman, existió la necesidad de que el personaje realizara mayores proezas y se enfrentara a enemigos más poderosos, por lo cual aumentó su nivel de fuerza y rango de poderes más allá de la explicación original de la gravedad, justificándolo con el hecho de que estaba expuesto a un sol amarillo, al contrario que el sol rojo de Krypton.

# ANTORCHA HUMANA (Human Torch)

**Primera aparición:** *Marvel Comics* n.º 1 (octubre de 1939).
**Nombre real:** Jim Hammond.
**Aliados:** Capitán América, Namor, Bucky, Toro, Invasores, Batallón-V, Vengadores, Los Descendientes.
**Enemigos:** Cráneo Rojo, Adolf Hitler, Los Descendientes, Padre, Pensador Loco, Inmortus.
**Poderes y armamento:** Manipulación del fuego, vuelo, capacidad de sobrevivir sin oxígeno.
**Creado por:** Carl Burgos.

## Antorcha, precursor de los héroes Marvel

En las páginas del primer número de la cabecera *Marvel Comics*, una serie publicada por **Timely Comics** dos décadas antes de cambiar su nombre precisamente a **Marvel Comics**, debutó la Antorcha Humana de la mano de **Carl Burgos**. Este personaje, al contrario que el popular miembro de los Cuatro Fantásticos de idéntico nombre y apariencia en poderes, era un androide construido por el científico **Phileas Norton** en los bajos de un laboratorio de Brooklyn. Este androide, que en un futuro adoptaría el nombre de **Jim Hammond** para pasar desapercibido entre la gente, tenía una fisionomía, un razonamiento y una consciencia completamente humana pero sin embargo, la falta de control de sus poderes flamígeros al contacto con el oxígeno provocó el pánico entre una impresionable población que obligó a encerrar y recluir al androide. Una huida, un asesinato y un enfrentamiento con **Namor** más tarde, la Antorcha Humana se convirtió en uno de los tres personajes más populares de la editorial junto al **Capitán América** y al **Hombre Submarino**. Sin embargo, con el paso del tiempo y al contrario que sus dos compañeros de aventuras en Los Invasores, quedó relegado a un segundo y a un tercer plano, hasta el punto que su regreso durante la Edad de Plata de los Comics fue anecdótica. Muchos años más tarde a través de retrocontinuidad editorial, se descubrió que el cuerpo de Jim Hammond había sido empleado por **Ultrón**, el villano de los **Vengadores**, para fabricar a otro de los sintezoides más conocidos de la editorial: la **Visión**.

## Pionero olvidado, héroe recordado

Lamentablemente y a pesar de su importancia histórica, la presencia de la Antorcha Humana original en los cómics se disipó con el paso del tiempo. La aparición de un nuevo personaje de mismo nombre y mismos poderes fue el clavo definitivo en su ataúd editorial, pudiendo contarse sus apariciones en aventuras Marvel con los dedos de dos manos. Ni siquiera la nostalgia de ciertos guionistas como **Roy Thomas, Alex Ross** o **Fabian Nicieza** ha servido para recuperar al personaje del ostracismo. Por esta misma razón, la Antorcha Humana original no ha aparecido ni en la gran ni en la pequeña pantalla, exceptuando un breve cameo de fondo con su famoso uniforme rojo en la **Stark Expo** en *Capitán América: El Primer Vengador*, la cual deja la puerta abierta a futuras apariciones.

## Guerra de elementos: fuego vs agua

Dado el éxito de los personajes, durante sus primeros años de aventura y para delirio de los lectores, era frecuente que la Antorcha

Humana y Namor se enfrentaran regularmente. Era innegable el atractivo de los combates entre los máximos representantes de los elementos de fuego y agua, bautizados a menudo como «La Batalla del Siglo». De la misma forma, era innegable que en muchas ocasiones estas peleas acabaran debajo del agua, donde Namor presuponía que la Antorcha Humana perdería sus poderes. Sin embargo, alejado de los estándares humanos dada su naturaleza de androide, los poderes de fuego de la Antorcha necesitaban de oxígeno para funcionar. La composición química del mar está compuesta en un 96% por moléculas de agua ($H_2O$), las cuales son moléculas formadas por dos átomos de hidrógeno (H) y un átomo de oxígeno (O) enlazados covalentemente. Así pues, y a pesar de estar sumergido en el mar, la Antorcha Humana es capaz de generar fuego a partir de esas moléculas de agua.

# NAMOR, EL HOMBRE SUBMARINO (Namor the Sub-Mariner)

**Primera aparición:** *Motion Picture Funnies Weekly* n.º 1 (1939). Esta historia se reeditó en el n.º 1 Marvel Comics (octubre 1939) con páginas extras.

**Nombre real:** Namor McKenzie.

**Aliados:** Capitán América, Antorcha Humana, Invasores, Vengadores, X-Men, Defensores.

**Enemigos:** Cráneo Rojo, Doctor Muerte, Master Man, Attuma, Tiburón Tigre, Fuerza Fénix.

**Poderes y armamento:** Fuerza sobrehumana, velocidad y agilidad sobrehumana fuera y dentro del agua.

**Creado por:** Bill Everett.

## El rey de los Siete Mares es un mutante

**Namor** es el primer mutante de la historia de los cómics y el primer superhéroe con la capacidad de volar, antes de que los guionistas del coetáneo **Superman** redefinieran los poderes de «grandes saltos» del Hombre de Acero para que también pudiera volar. Además, Namor fue el primer superhéroe con «mala actitud», que empleaba sarcasmo en sus batallas y que no le importaba dejar víctimas a su paso. Hijo de un humano (capitán de barco) y una princesa de la mítica ciudad perdida de Atlantis, Namor tiene una fuerza y velocidades sobrehumanas tanto dentro como fuera del agua. El personaje debutó en las páginas de *Marvel Comics* #1, junto a la **Antorcha Humana**, convirtiéndose rápidamente en uno de los más populares de la época **Timely Comics**, aunque su presencia en los cómics fue reduciéndose paulatinamente durante los años cincuenta. Con la llegada de Marvel Comics a principios de los sesenta, **Stan Lee** y **Jack Kirby** recuperaron la creación de **Bill Everett** y utilizaron a Namor en la serie de los **Cuatro Fantásticos**, donde mostraba unos cambios de humor constantes y una gran obsesión por la **Chica Invisible**. Con el paso del tiempo y más asentado, Namor se convirtió en uno de los máximos defensores de la vida en la Tierra ya que, al fin y al cabo, él es el Rey de los Siete Mares y estos ocupan tres cuartas partes de la superficie terrestre. Otra forma de definir a Namor es como el «trásfuga definitivo», ya que ha pertenecido a la mayoría de equipos Marvel, desde **Los Invasores** hasta **Los Vengadores** pasando por **los X-Men**, **Los Defensores** o **los Illuminati**, siendo curiosamente los Cuatro Fantásticos el único de los grandes equipos a los que no ha pertenecido.

## Futuro desconocido para el príncipe Namor

Durante los años noventa, la mala situación financiera de **Marvel Comics** les hizo tener que vender los derechos de adaptaciones cinematográficas a las grandes productoras de Hollywood para recaudar dinero. Así pues, Spiderman y todo su entorno creativo fue a manos de **Sony Pictures**, mientras que la **Fox** optó por adquirir la franquicia mutante, Los Cuatro Fantásticos y Daredevil (aunque, por contrato y tras diez años sin película del abogado defensor, los derechos han vuelto a Marvel). El resto de personajes (desde Iron Man hasta Power Pack) pertenecen a **Marvel Studios**... con la excepción de **Namor**, cuyos derechos están en manos de **Universal Pictures**. Esta productora ha realizado varios intentos de llevar al personaje a la gran pantalla, siendo el más sonado el del director **Jonathan Mostow** (*Terminator 3, Surrogates*). Quizá el furor presente por los personajes Marvel entre los aficionados al cine sirva para trasladar a Namor y el mundo de Atlantis a la gran pantalla.

## Atlantis, ¿realidad o ficción?

Es innegable el interés de la literatura y la ficción por **Atlantis**. Desde que **Platón** hablase de la isla en el año 355 a.C. y gracias al misticismo despertado por su hundimiento y desaparición, se ha conjeturado incesantemente sobre la existencia y la ubicación real del «continente perdido». El consenso mayoritario original que situaba a esta gran isla en el mar Atlántico quedó descartado en el siglo XX por la teoría de la **deriva continental,** la cual demuestra que el fenómeno de desplazamiento que han sufrido los continentes a lo largo de la historia de la Tierra gracias a la convección (trasferencia de calor) del manto del globo no deja lugar a que hubiera existido un continente del tamaño de Atlantis.

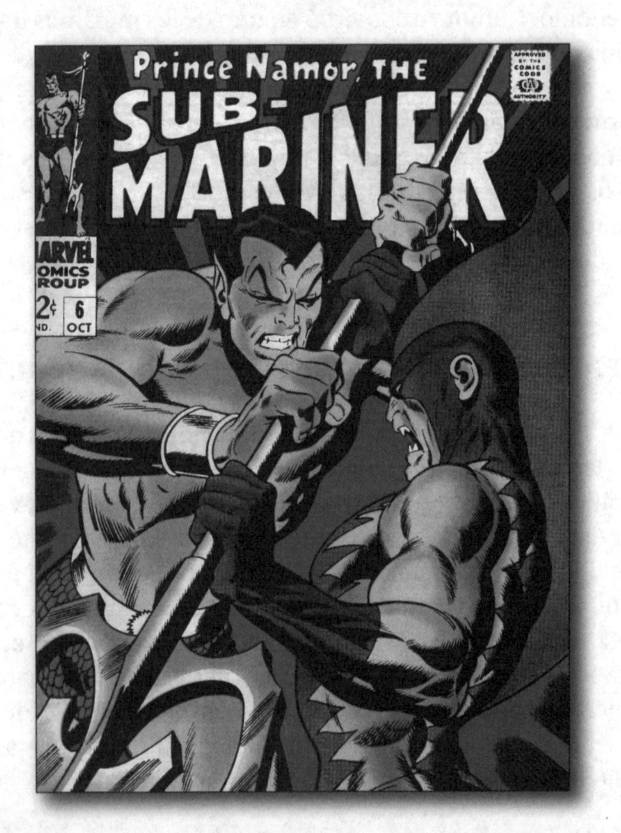

# MUJER MARAVILLA (Wonder Woman)

**Primera aparición:** *All Star Comics* n.º 8 (diciembre de 1941).
**Nombre real:** Princesa Diana.
**Aliados:** Amazonas de Themyscira, Hipólita, Artemisa, Superman, Batman, Liga de la Justicia, Wonder Girl.
**Enemigos:** Circe, Cheetah, Giganta, Maxwell Lord, Ares, Phobos, Doctor Cyber, Silver Swan, Hades.
**Poderes y armamento:** Fuerza, velocidad, invulnerabilidad y reflejos sobrehumanos, Lazo de la Verdad, brazaletes indestructibles, avión invisible.
**Creado por:** William Moulton Marston.

## Wonder Woman, superheroína por excelencia

**Wonder Woman** es uno de los pilares del cómic de superhéroes y el personaje femenino más famoso del medio. La princesa **Diana**, única hija de la reina de las amazonas **Hipólita**, nació bajo la protección de los dioses griegos en la isla de **Themyscira**, terreno que ningún hombre había pisado en la historia. Tras ganar una serie de pruebas entre todas las amazonas de la isla, Diana se hizo con el manto de Wonder Woman y salió al mundo exterior a vivir aventuras y a proteger a la humanidad de las amenazas externas e internas y a predicar la paz por el globo, adoptando también la identidad secreta de Diana Prince. Entre su armamento, Diana porta el **Lazo de la Verdad**, que obliga a cualquier que es atrapado por él a decir la verdad, y un par de brazaletes indestructibles que emplea para repeler a supervelocidad cualquier objeto lanzado contra ella. Miembro de la Sociedad de la Justicia (combatió contra el Eje en la Segunda Guerra Mundial) y de la Liga de la Justicia, Wonder Woman es todo un icono del feminismo y uno de los personajes precursores de las supermujeres en el noveno arte.

## Princesa dentro y fuera de las viñetas

Tal y como reclaman no pocos aficionados de La Mujer Maravilla y DC Comics, cuesta creer que mientras que **Batman** o **Superman** hayan protagonizado más de seis películas en solitario cada uno de ellos, Wonder Woman sea una desconocida para el aficionado al celuloide. Entre los varios los conatos de trasladar sus aventuras a la gran pantalla, el que más cerca ha estado de tomar forma fue la propuesta de **Joss Whedon**, creador de otro de los iconos femeninos posmodernos como **Buffy Cazavampiros** y actualmente saboreando el éxito con las películas de **Los Vengadores**. Sin embargo Warner Bros. desechó esa posibilidad de película y sus únicos planes a corto plazo se reducen a una aparición secundaria de Wonder Woman en la próxima secuela de *Man of Steel*, habiendo sido **Gal Gadot** la actriz elegida para vestir el traje de Diana. Hasta que llegue ese momento, el imaginario colectivo seguirá recordando a **Lynda Carter** como la Wonder Woman perfecta, la actriz que interpretó a la perfección a la amazona durante su serie de televisión de los años setenta.

## El avión invisible, una idea no tan loca

El carácter mitológico de la amazona guerrera no le impide tener los últimos avances científicos y tecnológicos a su disposición. Dado que en sus orígenes Wonder Woman no tenía la capacidad de volar, empleaba para sus desplazamientos un **avión invisible**, el cual llegaba a alcanzar las 2000 millas por hora. El concepto de invisibilidad siempre ha sobrevolado por el mundo del cine (desde *Memorias de un hombre invisible* hasta *Predator*), de la literatura (desde *El hombre invisible* de **H. G. Wells** hasta *Harry Potter* de **J. K. Rowling**) o mismamente de los cómics (desde **la Mujer Invisible** de los **Cuatro Fantásticos** hasta **Invisible Kid** de la **Legión de Superhéroes**) pero... ¿es posible construir un avión invisible? Y, lo que es más importante, si el avión es invisible (es decir, que los rayos de luz pasan a través de él o son refractados bordeando el avión), ¿cómo es posible que los ocupantes del avión vean el exterior? Una explicación posible se puede encontrar en que de alguna forma, a pesar de que no tengan constancia de la luz visible, puedan visualizar la región ultravioleta del espectro de luz que normalmente no es perceptible por los conos y bastoncillos de nuestros ojos. Alternado el espectro, se podría desplazar la parte correspondiente a la luz ultravioleta a la región visible del mismo y de esta forma visualizar la trayectoria y los objetos exteriores en pleno vuelo.

# 3. HÉROES CALLEJEROS

## BATMAN

**Primera aparición:** *Detective Comics* n.º 27 (mayo de 1939).
**Nombre real:** Bruce Wayne.
**Aliados:** Robin, Nightwing, Superman, Catwoman, Batgirl, Liga de la Justicia, Outsiders, Cazadora.
**Enemigos:** Joker, Bane, Dos-Caras, Acertijo, Poison Ivy, Espantapájaros, Ra's al Ghul, Killer Croc.
**Poderes y armamento:** Equipamiento tecnológico de última generación, Batmovil.
**Creado por:** Bob Kane y Bill Finger.

## El Caballero Oscuro golpea de nuevo

Cuando el pequeño **Bruce Wayne** fue testigo de la muerte de sus padres, Thomas y Marta Wayne, juró que dedicaría su vida a la lucha contra la injusticia y el crimen. Años más tarde, aquel niño regresaría a **Gotham City** con el nombre de **Batman** y pronto se convertiría en un vigilante y una amenaza para los delincuentes de la ciudad durante las sombras de la noche y en un empresario de éxito y pilar básico de su amada metrópolis durante el día como presidente y playboy de **Industrias Wayne.** Más allá de un entrenamiento físico y mental extraordinarios, la clave del éxito radica en el traje, las armas y el vehículo que emplea en su lucha contra el mal. Gracias a su inmensa fortuna, Bruce ha podido fabricar y disponer de los dispositivos de última tecnología para su cruzada particular. Acompañado de su fiel **Robin** y bajo la aureola de leyenda urbana, el hombre murciélago se enfrentaría a incontables enemigos (**Joker, Dos-Caras, Pingüino, Catwoman, Bane**...) a lo largo de los años convirtiéndose en todo un icono del noveno arte y en uno de los personajes más reconocidos y populares de **DC Comics.**

## La gran pantalla se llena de murciélagos

La popularidad de Batman es un concepto difícil de medir, ya que el alcance del mito se extiende más allá de las viñetas y abarca medios como radio, televisión, tiras de prensa o cine. En este último soporte se encuentran los mejores ejemplos de la presencia del hombre murciélago en la cultura popular ya que hasta siete películas se han estrenado en las dos últimas décadas, desde el *Batman* de **Tim Burton** con **Michael Keaton** como Batman hasta la trilogía reciente de Nolan con **Christian Bale** como Bruce Wayne, sin olvidar las cintas de **Joel Schumacher** con **Val Kilmer** y **George Clooney** en el papel del murciélago, estas películas han incluido a personajes de la batfranquicia tan importantes como **El Joker** (interpretado a la perfección tanto por **Jack Nicholson** como por **Heath Ledger**), **Robin/Nigthwing** (**Chris O'Donnell**), **Catwoman** (interpretada con veinte años de diferencia por **Michelle Pfeiffer** primero y **Anne Hathaway** después) o **Arnold Schwarzenegger** como **Mr. Frio**, sin olvidarnos de **Alfred** (**Michael Cough** o **Michael Caine**). Y todo esto sin mencionar al Adam West de la clásica serie de televisión de los sesenta...

## Caída libre

En una de las secuencias iniciales de *El Caballero Oscuro*, la segunda película de **Christopher Nolan** y una de las mejores de superhéroes jamás realizadas, Batman demuestra por qué no siempre es necesario tener superpoderes para detener al Espantapájaros si se cuenta con la física entre tus aliados. Tal y como demostró el renacentista **Galileo Galilei**, la caída libre de un cuerpo no depende de su peso sino de la resistencia al aire y es posible calcular de antemano tanto el tiempo que tardará en caer (en este caso desde un parking de cuatro plantas) como la velocidad en el momento del aterrizaje, únicamente en función de la distancia al suelo. Así pues, el tiempo de caída sería el resultado de la raíz cuadrada del producto del doble de la distancia entre origen y destino dividido por la gravedad. Por su lado, la velocidad de aterrizaje es el resultado de la multiplicación de dicho tiempo por la gravedad. Bruce Wayne es consciente de estos conceptos físicos y su mente privilegiada puede calcular en mitad de un combate en qué momento es necesario lanzarse desde una cuarta planta para aterrizar en la furgoneta del malo de turno. Y si no, siempre se puede acudir al Batmovil...

## SPIRIT

**Primera aparición:** *Register and Tribune Syndicate* (junio de 1940).
**Nombre real:** Denny Colt.
**Aliados:** Ebony White, Inspector Dolan, Ellen Dolan.
**Enemigos:** The Octopus, Dr. Cobra, P'Gell, Sand Saref, Silken Floss
**Poderes y armamento:** Longevidad, atleta sobrehumano, experto combatiente mano a mano.
**Series:** *The Spirit.*
**Creado por:** Will Eisner.

## Will Eisner, uno de los grandes genios del noveno arte

**Will Eisner** es uno de los mayores autores de la historia del cómic y **The Spirit** su mayor y más famosa creación. Con un estilo diferente al de todos los demás, Eisner supo entender y manejarse en el formato de historias cortas (siete páginas, siendo siempre la primera de todas ellas una obra maestra) como nadie, desarrollando aventuras desde un prisma urbano y realista mezclado con tintes detectivescos y de aventuras, todo ello envuelto en una atmósfera de cine negro de los años cuarenta (callejones oscuros, muelles abandonados, alcantarillas lúgubres). Así pues, era normal ver a gente normal y corriente (funcionarios del estado, empleados de hacienda, ex militares) con personalidad propia en las mismas páginas en las que brillaba por encima del resto **Spirit**. Vestido impecable de azul, con abrigo y sombrero y con su icónico antifaz negro, **Denny Colt** era un imponente, inteligente e inocente detective parecido a Cary Grant que sufría las más diversas aventuras que oscilaban en pocas páginas entre lo trágico y lo divertido, acompañado en la mayoría de las veces por su fiel ayudante Ebony White, un pequeño afroamericano creado con motivos satíricos que le serviría a Eisner para realizar críticas políticas en unos tiempos en los que la libertad y los derechos de la raza negra estaba muy en boga. La unión entre dibujo, guión, ambientación y personajes una mezcla perfecta altamente recomendada para todos los públicos.

## Adaptaciones vergonzosas y vergonzantes

Cuando Will Eisner falleció en 2005, su gran amigo y aún mayor admirador **Frank Miller** decidió que era una auténtica injusticia que tanto el autor como su legado pasaran desapercibidos entre el gran público. Por ello, el autor de *Ronin* o *300* se propuso llevar a la gran pantalla las aventuras de Spirit, sirviendo como homenaje a su antiguo maestro e inspirador. Con la experiencia acumulada tras codirigir su primera película, *Sin City*, Miller guionizó y dirigió bajo su muy personal perspectiva la adaptación cinematográfica de Spirit, con **Gabriel Macht** en el papel de Denny Colt, **Samuel L. Jackson** como The Octopus (para enfado de muchos aficionados, dado que la mayor némesis de Spirit nunca revela su cara en los cómics) y cuatro actrices como **Eva Mendes, Scarlett Johansson, Paz Vega** y **Jaime King** interpretando a las *femme fatales* de la historia. Las críticas fueron feroces, pero sirvió, en cierta medida, como despedida y agradecimiento a Will Eisner y a su legado.

## Un héroe en animación suspendida

Al igual que **Batman** o **Daredevil**, Spirit se aleja del concepto clásico de superhéroe y se acerca más al de vigilante, poniendo al servicio de las fuerzas del bien tanto su identidad enmascarada como su vida oficial. Y lo mismo que otros héroes como **Blue Beetle** (Ted Kord) o **Green Arrow** (Oliver Queen), Denny Colt no tiene ningún poder sobrehumano que le ayude en su lucha con los matones de turno, aunque a tenor de las auténticas palizas que recibe Spirit existen varias teorías que apuntan a que tiene poderes curativos sobrehumanos o incluso capacidades paranormales que le hacen revivir. No en vano, ya en su primera aparición el personaje se despierta en la morgue tras un enfrentamiento con una de sus némesis, el Dr. Cobra. Posteriormente se reveló que era animación suspendida y que había podido suspender temporalmente la respiración, los latidos del corazón y otras funciones involuntarias a través de productos químicos, aunque otra técnica muy empleada en estos casos es la de criopreservación o criogenia, por la cual mediante frío extremo se pueden conservar cuerpos en animación suspendida, si bien no tan prolongadamente como la ciencia ficción pueda dar a entender, al menos durante horas.

# DAREDEVIL

**Primera aparición:** *Daredevil* n.º 1 (abril de 1964).
**Nombre real:** Matthew Michael «Matt» Murdock.
**Aliados:** Elektra, Viuda Negra, Spiderman, S.H.I.E.L.D., Luke Cage, Puño de Hierro, Foggy Nelson.
**Enemigos:** Bullseye, Kingpin, El Búho, Mister Hyde, Mister Miedo, Gladiador, La Mano, María Tifoidea.
**Poderes y armamento:** Radar y sentidos aumentados a la excepción de la vista, bastón de combate.
**Creado por:** Stan Lee y Bill Everett.

## Claves del éxito del Hombre sin Miedo

De pequeño, **Matt Murdock** sufrió un accidente al caerle encima un bidón con una sustancia radioactiva. La exposición a la radioactividad hizo que a partir de entonces Matt Murdock quedara cegado, pero el resto de sus sentidos fueron aumentados más allá de las capacidades humanas, además de un radal espacial que le permite tener controladas todas las situaciones de combate. Jurando vengar la muerte de su padre, bajo el nombre de **Daredevil** y conocido como el Hombre sin Miedo, Matt Murdock se convirtió en uno de los defensores más importantes de la justicia tanto en sus actividades de vigilante nocturno en la Cocina del Infierno de Nueva York como ejerciendo su profesión laboral de abogado. La popularidad del personaje creado por **Stan Lee** y **Bill Everett** ha servido para que se publiquen sus historia durante más de cincuenta años de forma consecutiva, pasando por la colección figuras claves como **John Romita Sr., Gene Colan, Frank Miller, David Mazzucchelli, Kevin Smith, Joe Quesada, Brian Michael Bendis, Ed Brubaker, Mark Waid** o **Chris Samnee,** quienes en conjunto han escrito algunas de las mejores aventuras que un aficionado a La Casa de las Ideas han podido disfrutar.

## Los sinsabores de Daredevil en la gran pantalla

Daredevil también ha gozado de su propia película en solitario en el presente siglo, antes incluso que otras franquicias tan populares como la vengativa, la fantástica o el mismísimo Punisher. La película dirigida por **Mark Steven Johnson** estaba protagonizada por **Ben Affleck** en el papel de Daredevil, **Jennifer Garner** como la mortal ninja e interés romántico de Daredevil conocida como **Elektra** y **Colin Farrell** y **Michael Clarke Dunkan** como los villanos del filme en los papeles del asesino **Bullseye** y el despiadado **Kingpin** respectivamente. Las impresiones generales sobre la película fueron bipolares, pero el éxito comercial permitió a la productora realizar un *spin-off* protagonizado por Elektra en 2005. Desde entonces el personaje no ha regresado a la gran pantalla. A la espera de ver si Marvel Studios se anima a rodar un nuevo largometraje, Daredevil se dejará ver en una serie de televisión de **Netfix** y dirigida por el popular Drew Goddard, la cual concluirá en un *crossover* con otras tres series paralelas protagonizadas por tres de sus amigos: **Jessica Jones, Luke Cage** y **Puño de Hierro**.

## El sentido de radar de Daredevil

Con el paso de los años, el sentido de radar de Daredevil era cada vez más poderoso, hasta el punto de que durante la etapa de Frank Miller era capaz de localizar los latidos de corazón de Bullseye sentado en la azotea de un edificio en mitad de la agobiante Nueva York. Años más tarde, Mark Waid redefiniría las capacidades de sus poderes como «andar en una habitación y poder tocar todo a la vez» o como «Ecolocalización». Lo que quizá Waid no sepa es que ese término ya existe y es el principal método de orientación de animales como murciélagos o delfines, además de estudios que apuntan a esa capacidad inerte en los humanos. Al igual que un sonar, Daredevil es capaz de emitir un sonido que al encontrar un obstáculo rebota y vuelve al origen, de forma que analizando el eco recibido y su tiempo de retardo y propagación es capaz de integrar la distancia a los objetos. La gran ventaja de este radar es que permite un campo de «visión» de 360º, al contrario que las limitaciones visuales humanas que proporcionan un ángulo de visión de un máximo tres veces menor.

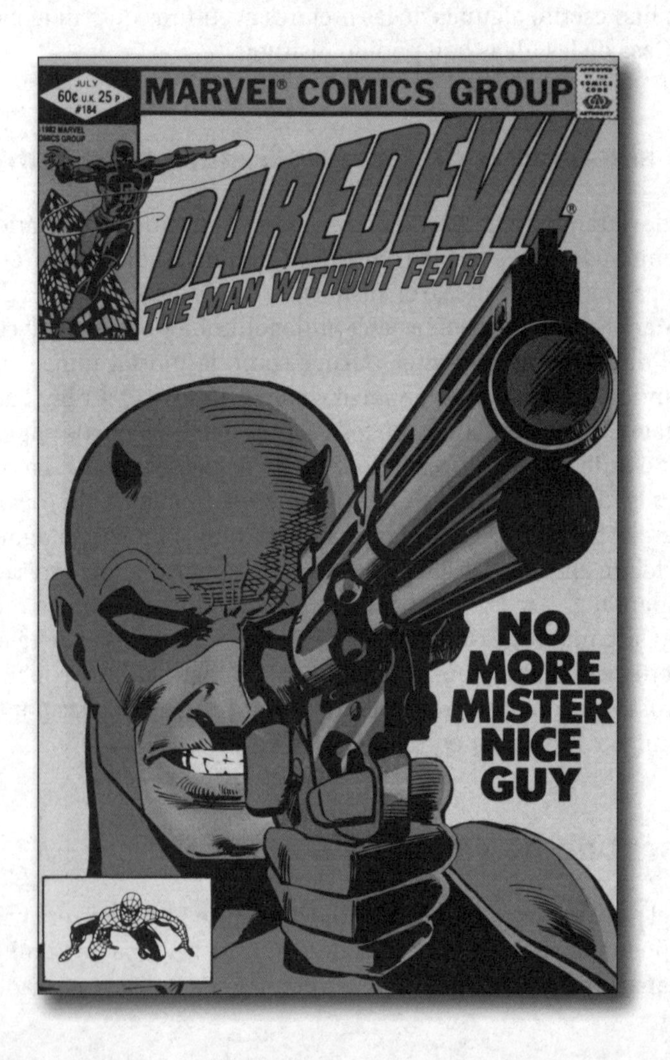

# SIN CITY

**Primera aparición:** *Dark Horse Presents Fifth Anniversary Special* (1991)
**Nombre real:** Ciudad del Pecado.
**Aliados:** En la Ciudad del Pecado no hay aliados.
**Enemigos:** En la Ciudad del Pecado nadie está libre de culpa.
**Poderes y armamento:** Pistolas, gabardinas y mucha mala leche.
**Creado por:** Frank Miller

## Bienvenidos a la Ciudad del Pecado

Los tres personajes anteriormente mencionados (**Batman, Daredevil** y **Spirit**) pasaron en algún momento por las manos de **Frank Miller**, uno de los mejores autores completos (guionista y dibujante) que han trabajado en el noveno arte. No en vano, sus aportaciones a Batman y a Daredevil en sagas como *Batman: Año Uno, Batman: El Regreso* *del Caballero Oscuro* o *Daredevil: Born Again* se cuentan como las mejores historias sin discusión de los respectivos personajes. Tras cubrirse de gloria en **Marvel** y **DC Comics**, Frank Miller destiló todo su amor por el *comic noir* y su influencia de **Will Eisner** en su obra independiente más personal: **Sin City**. Esta obra es una sucesión de historias entrelazadas en la siempre lluviosa Basin City protagonizadas por sus muchos y muy particulares habitantes, corruptos en su mayoría hasta la médula y sin posibilidad de redención. Grandes cantidades de sexo, violencia, desesperación, muerte y traición marca de la casa por cortesía de Marv y compañía.

## Debut entre sombras y oscuridad

**Sin City** fue una de las películas que debutaron en plena fiebre por las adaptaciones cinematográficas del noveno arte a comienzos del presente siglo junto con otras como **V de Vendetta, Hellboy** o **La Liga de los Hombres Extraordinarios**, con la particularidad que en esta ocasión el propio Frank Miller se encargó de la dirección y producción del filme en primera persona junto a **Robert Rodriguez** (y alguna ayuda de **Quentin Tarantino**). Esta película estaba basada en tres de las historias de Sin City (*El Duro Adiós, Ese Cobarde Bastardo* y *La Gran Masacre*) y contaba con personajes de la talla de **Bruce Willis** (Marv), **Jessica Alba** (Nancy), **Benicio del Toro** (Jackie Boy), **Clive Owen** (Dwight McCarthy) o **Elijah Wood** (Kevin). La película fue un éxito de crítica por la traslación técnica a la gran pantalla de la visualización en blancos y negros cromáticos del grueso de la acción salvo objetos puntuales en color, al igual que en las novelas gráficas. Diez años después de la primera película, Sin City regresa con una nueva entrega adaptando la historia *Mataría por Ella,* donde participan actores como **Eva Green** (Ava Lord) o **Josep Gordon-Levitt** (Johnny). El *comic noir* vuelve a los cines.

## Una ciudad viva

La particularidad de estas obras radica en el juego de blancos y negros que emplea el autor, consiguiendo un contraste entre luces y sombras que ponen de manifiesto una bipolaridad emocional que tan solo se rompe en determinadas escenas con la irrupción de un tercer color (distinto en cada obra: amarillo, rojo, azul...). Con una fidelidad a la obra original impresionante y con una imponente voz en off, la película de Sin City reproduce ese contraste cromático no sin muchas dificultades técnicas. Para conseguir este efecto, los directores de fotografía usaron luces de tungsteno. Son luces artificiales cuyos filamentos contienen elementos metálicos con un punto de fusión muy elevado y muy resistente a la corrosión. Estas lámparas son muy famosas por la calidad de su luz ya que está muy cercana al blanco puro. Cuanta más alta es la temperatura a la que se calientan, mayor luz se disipa y más blanca es la luz que generan.

# 4. HIJOS DE SUPERMAN

## HAWKMAN

**Primera aparición:** *Flash Comics* n.º 1 (enero de 1940).
**Nombre real:** Carter Hall.
**Aliados:** Hawkgirl, Hawkwoman, Átomo, Green Lantern, Flash, Liga de la Justicia, Superman.
**Enemigos:** Ladrón Sombra, Caballero Fantasma, El Monóculo, Byth, Kanjar Ro, Golden Eagle.
**Poderes y armamento:** Armadura y vestimenta de metal Nth que le permite volar. Armas medievales.
**Creado por:** Gardner Fox y Dennis Neville.

## Hawkman, uno de los pilares de DC Comics

Tres cuartos de siglo después de su creación, **Hawkman** es uno de los personajes más importantes de DC Comics aunque cuenta con una trayectoria editorial a sus espaldas que ni el material Nth que anula la gravedad y le permite volar es capaz de levantar. El Hombre Halcón ha sido la identidad adoptada por varios personajes en las que se reencarnaba el alma de un príncipe del antiguo Egipto llamado Khufu. Tras su asesinato y el de su amor Chay-ara, sus almas se reencarnaron en varios humanos hasta que, en el presente, han renacido en los cuerpos de los arqueólogos **Carter Hall** y **Shiera Saunders**. Fundadores de la Sociedad de la Justicia de América (líder en el caso de Hawkman) y también miembros respetados de la Liga de la Justicia, su reencarnación es un arma de doble filo ya que no es más que una maldición que hace que cada vez que se reencuentren y se enamoren estarán destinados a volver a morir de nuevo y a comenzar el ciclo una vez más. Son el ejemplo viviente de una historia de amor en tiempos de guerra en el Universo DC.

## Relevancia relativa fuera de las viñetas

Desafortunadamente y a pesar de ser uno de los diez personajes más representativos de la editorial y cuya creación data de los tiempos de la Segunda Guerra Mundial, su importancia en las adaptaciones a otros medios apenas ha sido relevante. Entre sus apariciones más destacables se encuentran cuatro capítulos en las últimas temporadas de la longeva *Smallville*, interpretado a la perfección por **Michael Shanks** (archiconocido por su papel del doctor **Daniel Jackson** en *Stargate SG-1*), reduciéndose el resto de su difusión a cameos en distintas series de animación. En los meses previos al lanzamiento de la película de Green Lantern y con la euforia de las altas expectativas la rumorología concedía una película propia para Hawkman, pero con el paso del tiempo se descartó aquella teoría un tanto aventurada.

## El peculiar metal Nth

Al igual que otros personajes de primera fila como **Batman**, **Green Lantern** o **Green Arrow**, **Hawkman** no tiene ninguna capacidad sobrehumana más allá de la de una persona entrenada, siendo su destreza armamentística y su temperamento dos de las cualidades que le han convertido en un auténtico tanque de combate, sin olvidar de su equipamiento (alas, casco, cinturón...) construido con el metal Nth, el cual le permite vencer la gravedad. La gravedad es una de las fuerzas fundamentales de la naturaleza y como tal es la fuerza o aceleración que experimenta un cuerpo físico en las cercanías de un objeto astronómico. Esta fuerza gravitatoria se calcula en función de las masas de los objetos (en este caso la Tierra y Hawkman) de forma directamente proporcional y del cuadrado de la distancia entre el centro de ambos objetos (en este caso se puede simplificar y emplear el radio terrestre como distancia unitaria) de forma indirectamente proporcional, además de la constante de gravitación universal (6,674 $\times 10^{-11}$ $Nm^2/kg^2$). De esta forma y teniendo en cuenta que la masa de la Tierra es un factor constante e inalterable, la única explicación científica para que la fuerza que la Tierra ejerce sobre Hawkman sea nula y este pueda volar es que el material Nth hace que la masa de Hawkman sea cero. Tan solo queda la duda de saber qué pensará Hawkman cuando se monte en la báscula...

# DETECTIVE MARCIANO
## (Martian Manhunter)

**Primera aparición:** *Detective Comics* n.º 225 (noviembre de 1955).
**Nombre real:** J'onn J'onzz.
**Aliados:** Liga de la Justicia, Superman, Batman, Stormwatch, Outsiders, Wonder Woman.
**Enemigos:** Despero, Mongul, Marcianos Blancos, D'kay D'razz, The Headmaster.
**Poderes y armamento:** Vuelo, telepatía, invisibilidad, intangibilidad, capacidad de cambiar de forma.
**Creado por:** Joseph Samachson y Joe Certa.

### Los marcianos con afición a las Oreo también triunfan

El **Detective Marciano** fue una de las últimas creaciones de DC Comics durante la Edad de Oro del Cómic. **J'onn** es un nativo del planeta

**Marte** que es teletransportado accidentalmente hasta la Tierra a causa de los experimentos de un científico conocido como el **Dr. Erdel**, quien estaba diseñando un sistema de comunicaciones y acabó construyendo un sistema teletransportador. La impresión del momento acabó con la vida del Dr. Erdel y J'onn se tuvo que quedar a vivir en nuestro planeta. Afortunadamente, entre sus muchos poderes se cuenta la capacidad de modificar la apariencia, por lo cual adopta la identidad del detective de policía (de ahí lo de su nombre en clave) John Jones y en secreto la del Detective Marciano, superhéroe luchador contra el crimen y miembro fundador de la **Liga de la Justicia de América**. Los poderes del Detective Marciano son muchos y muy variados, situándole a casi el mismo nivel de **Superman**. A una fuerza, resistencia y velocidad sobrehumana se le suman la metamorfosis (aumentando su tamaño o adoptando formas monstruosas), invisibilidad, telepatía, intangibilidad, capacidad de vuelo, visión calorífica y algunas habilidades precognitivas y telequinéticas. Alienígena y en ocasiones creído como el último superviviente de su planeta, las similitudes con el Hombre de Acero eran inevitables, hasta el punto de que también tenía una debilidad particular. Un ser tan poderoso necesitaba un talón de Aquiles y así es como J'onn llegó a ser vulnerable al fuego (mucho más fácil de encontrar que la exótica kryptonita para vencer a Superman). Esta fobia llevada al extremo hace que el Detective pierda su consistencia molecular y quede reducido a una piscina de plasma verde.

## Debut cinematográfico, retrasando lo inevitable

Es lógico pensar que, a pesar de sus capacidades metamórficas le permitan asemejarse a un humano, la fisionomía de J'onn J'onzz hace difícil su adaptación a la gran pantalla. Al menos esa era la excusa hasta la llegada de la era digital en cine y animación. Por ello, extraña que el personaje considerado como el «Corazón del Universo DC» no haya recibido su cuota de pantalla ni su minuto de gloria en el cine, reduciendo sus apariciones a *Smallville* o la magnífica serie de animación *Justice League* creada por **Bruce Timm** y **Paul Dini**.

## Teletransportación desde Marte

Por otro lado, no hay que olvidar que el contacto con razas alienígenas siempre ha sido una temática de interés dentro y fuera del mundo del cómic. No menos interesante en la ficción es el concepto de teletransportación, todavía lejos de las posibilidades de la ciencia. Y aunque no es el único personaje de DC Comics que combina ambas temáticas en su origen (**Adam Strange** puede afirmar lo mismo), no deja de ser fascinante que dos planetas separados por 59 millones de kilómetros en la posición más cercana (cada 18 años) y por 249 millones de kilómetros en su posición más lejana (separados completamente por el Sol) puedan comunicarse entre sí por un rayo teletransportador. Y no precisamente un par de fotones cuánticos o un protocolo de comunicaciones cifrado, sino un gran hombretón verde con afición a las galletas Oreo. Teniendo en cuenta que la velocidad de la luz en el vacío (el espacio) es una constante universal 299.792.458 m/s (suele aproximarse a 3 x $10^8$ m/s), un rayo de luz que se emita desde la Tierra a Marte y rebote en el planeta rojo tardaría en regresar a nuestro planeta más de seis minutos en el caso de mayor acercamiento y en torno a tres cuartos de hora cuando ambos cuerpos estén alejados al máximo.

# FLASH

**Primera aparición:** *Showcase* n.º 4 (octubre de 1956).
**Nombre real:** Barry Allen.
**Aliados:** Flash (Wally West), Green Lantern, Liga de la Justicia, Batman, Superman.
**Enemigos:** Capitán Frío, Maestro de los Espejos, Grodd, Profesor Zoom, Capitán Boomerang.
**Poderes y armamento:** Acede a la Fuerza de la Velocidad que le permite correr a la velocidad de la luz.
**Creado por:** Carmine Infantino, Robert Kanigher, John Broome.

## Flash marca el camino de plata

Flash, el velocista escarlata, no es solo uno de los personajes más importantes de DC Comics, sino uno de las figuras más importantes de la historia del cómic. La primera aparición de Flash en *Showcase* #4 marcó el comienzo de la Edad de Plata del Cómic, un nuevo movimiento en el que los superhéroes volvían a imperar en el medio. **Barry Allen**, un policía forense con fama de impuntual y lento, sufre un accidente cuando un rayo golpea una balda repleta de compuestos químicos que caen sobre él. De esta forma obtiene poderes de supervelocidad, control de la densidad molecular de su cuerpo o capacidad de viajar en el tiempo, entre otros. Enfundado en un traje escarlata y amarillo y bajo el nombre clave de **Flash**, se convirtió en uno de los superhéroes más destacados del **Universo DC** y en valioso miembro de la **Liga de la Justicia de América**. A pesar de su muerte en la épica macrosaga *Crisis en Tierras Infinitas*, el legado de Barry Allen sería heredado por su sobrino **Wally West** (antiguo **Kid Flash**) y su nieto **Bart Allen** (antiguo **Impulso**).

## Debut inminente del velocista escarlata

Si bien los rumores sobre su inminente adaptación al cine han sido constantes a lo largo del presente siglo, la presencia de Flash en la gran pantalla sesenta años después de su creación es nula. Afortunadamente, en lo que respecta a la televisión, el bueno de **Barry Allen** gozó de su propia serie de televisión a comienzos de los años noventa. Una temporada de veintidós episodios donde **John Wesley Shipp** (más conocido por su papel de padre en *Dawson Crece*) interpretó a un Barry que vestía un musculoso uniforme que tardará en repetirse. La serie agonizó en audiencias y fue cancelada en su primer año, pero eso no impide que numerosos aficionados del velocista escarlata recuerden con nostalgia la serie de Flash. Tras algún cameo bien recibido en *Arrow* y mientras **Geoff Johns** cocina a fuego lento el guión de su esperada película en solitario, el regreso de Barry Allen a la pequeña pantalla se produce en una nueva serie propia para CW, donde **Grant Gustin** interpreta a un jovencísimo Barry Allen (con muchos matices de Wally West). El destino de Flash a medio plazo es incierto, pero la confianza que Warner Bros y DC Entertainment parecen haber depositado en uno de sus personajes franquicia es clave a la hora de entender el futuro del personaje en el cine porque... ¿quién no está interesado en ver una carrera entre Superman y Flash para saber quién es el más rápido?

## ¿Quién es más rápido?

El registro de capacidades que puede desplegar Flash va de entre poder parar una bala aumentando la velocidad hasta equipararse a la del objeto hasta el poder correr sobre el agua sin caerse (ya que puede correr más rápido de lo que tardan en moverse las moléculas de agua). Una de las aplicaciones más interesantes de los poderes de Flash es aquella que le permite atravesar paredes sólidas a voluntad. Este proceso cuántico se denomina «efecto túnel» (aunque curiosamente no deja ningún túnel porque no rompe la pared). La onda de material de un objeto tiene una pequeña probabilidad no nula de atravesar otro objeto sólido. Aumentando la energía cinética también aumenta la probabilidad de transición de la onda de materia por la pared, hasta el punto de que se convierte en un hecho cierto.

# LINTERNA VERDE
# (Green Lantern)

**Primera aparición:** *Showcase* n.º 22 (octubre de 1959).
**Nombre real:** Harold «Hal» Jordan.
**Aliados:** Flash, Green Arrow, Centinela, Alan Scott, John Stewart, Kilowog, Liga de la Justicia.
**Enemigos:** Sinestro, Parallax, Zafiros Estelares, Mano Negra, Krona, Manhunters, Nekron, Atrocitus.
**Poderes y armamento:** Anillo de poder que le permite volar y fabricar construcciones de luz sólida.
**Creado por:** John Broome y Gil Kane.

## Un brillante policía espacial

«*En el día más brillante, en la noche más oscura, el mal no escapará de mi vigía. Que aquellos que adoran al mal, teman mi poder: ¡la luz de Linterna Verde!»* A pesar de presenciar durante su infancia la muerte de su padre en una exhibición aérea, Hal Jordan quiso ser piloto desde niño y poder volar. Superando todos sus miedos, Hal ingresó en las Fuerzas Armadas como piloto, aunque poco podía imaginar que en una de sus misiones iba a cambiar toda su vida. La nave alienígena del moribundo **Abin Sur**, un miembro del cuerpo de paz intergaláctico conocido como los **Green Lantern Corps**, se estrella en la Tierra. El anillo de los Green Lantern elige a **Hal Jordan** como sustituto de Abin Sur, instruyéndole en la historia del Cuerpo y permitiéndole volar no solo por el espacio aéreo terrestre sino por el espacio exterior hasta los confines del Universo, convirtiéndose de esta forma en el protector del Sector 2814 (el correspondiente a La Tierra) y con el paso del tiempo en el mayor **Linterna Verde** de la historia. A pesar de ser un humano sin poderes, el anillo es considerado una de las armas más poderosas del Universo y permite a su portador, a base de fuerza de voluntad, fabricar a partir de luz sólida todos los objetos, artefactos y construcciones que se quiera, ya sean elementos microscópicos de cirugía o enormes naves espaciales funcionales. Con el anillo y formando parte de la **Liga de la Justicia**, Hal Jordan es uno de los mayores iconos de DC Comics.

## Una película olvidable y un paso en falso

En los cómics de DC, Hal Jordan ha sido el personaje más importante del presente siglo. De la mano del guionista **Geoff Johns**, la resurrección de Hal Jordan, la reconstrucción de la mitología hasta el punto de convertirla en franquicia (cuenta en su haber con cinco series regulares) y sus nuevas aventuras han sido motivo de alegría para muchos aficionados de la editorial, hasta el punto que los mandamases decidieron hacer una película de Hal Jordan. Dirigida por **Martin Campbell**, con **Ryan Reynolds** en el papel de **Hal Jordan** y **Mark Strong** en el de **Sinestro** y estrenada en 2011, el largometraje fue recibido con disparidad de impresiones entre los que pensaban que era una mala película y los que pensaban que era un desastre de película, hasta el punto de que los rumores iniciales de convertirla en una trilogía (representar la caída y alzamiento de Hal Jordan como los comics) se difuminaron, poniendo el entredicho el futuro del personaje en la gran pantalla.

## Espectro de colores

La luz y la oscuridad (o falta de luz) son dos elementos claves en las historias de los Green Lantern. Isaac Newton dividió el espectro visible (luz) comprendido entre los 380 a 750 nanómetros en lo referido a longitud de ondas en siete colores distintos, demostrando que la luz estaba compuesta a su vez de partículas de diferentes colores que se desplazaban a distintas velocidades y que, por tanto, se refractan (giraban) menos al atravesar un prisma transparente. En este espectro de colores (violeta, índigo, azul, verde, amarillo, naranja, rojo), el verde es el color central, de ahí que los Green Lantern Corps se representen como los más equilibrados en sus respuestas emocionales. En contra, los colores se representan más para otros cuerpos con un temperamento más «villanesco», como el caso de los irritables Red Lanterns o las excesivamente apasionadas Zafiros Estelares.

# 5. LA MITOLOGIÁ COMO BASE

## SHAZAM (Capitán Marvel)

**Primera aparición:** *Whiz Comics* n.º 2 (febrero de 1940).
**Nombre real:** Billy Batson.
**Aliados:** Mary Marvel, Capitán Marvel Junior, Míster Tawky Tawny.
**Enemigos:** Black Adam, Dr. Sivana, Atila el Huno, Míster Mind y la Sociedad Monstruosa del Mal.
**Poderes y armamento:** Cuando adquiere los poderes que le transfiere Shazam es invulnerable, tiene capacidad para volar y súper fuerza.
**Creado por:** CC Beck y Bill Parker.

## No me llames Capitán Marvel, llámame Shazam

El huérfano Billy Batson malvive en las calles de Fawcett City donde subsiste a base de pequeños hurtos para poder mantenerse. Una noche siente el misterioso impulso que le dirige hasta una caverna. Allí conocerá a un anciano hechicero llamado Shazam que le transmitirá sus poderes. Poderes basados en la sabiduría de Salomón, la fuerza de Hércules, la resistencia de Atlas, el poder de Zeus, el valor de Aquiles y la velocidad de Mercurio. De esta manera, cuando pronuncia el nombre del mago Shazam (formado por las iniciales de cada uno de estos personajes) transforma al joven Billy en el Capitán Marvel, el mortal más poderoso del mundo.

En los años cuarenta la serie del Capitán Marvel superaba en ventas al todopoderoso Superman. En los años cincuenta el personaje se enfrentó a su mayor prueba. Al continuo descenso de las ventas se le sumó la demanda a su editor, Fawcett Comics, por parte de DC Comics, alegando que el Capitán Marvel era una mera copia de Superman. Esto obligó a Fawcett Comics cancelar la serie en 1953. Irónicamente, en 1972 DC Comics se hace con los derechos de los personajes de varias editoriales entre los que se encontraba el Capitán Marvel. El problema para DC es que unos años antes, al llevar el personaje mucho tiempo sin ser utilizado, Marvel Comics registró el nombre lo que obligó al nuevo editor a cambiar el nombre de la serie por el de Shazam, aunque en el interior continuaba llamándose Capitán Marvel. En la actualidad, tras la restructuración del nuevo universo de DC, el personaje sigue apareciendo aunque bajo el nombre de Shazam, habiéndose eliminado por completo el original del Capitán Marvel en sus páginas.

## Debuts prematuros sin fortuna

Las millonarias ventas del Capitán Marvel ayudaron a que rápidamente tuviera su propio serial en la gran pantalla. En 1941 Republic Pictures produjo *The Adventures of Captain Marvel*, un serial de doce capítulos protagonizados por Tom Tyler (que también protagonizó *The Phantom*). Desde entonces, varios han sido los intentos de llevar a la pantalla las aventuras del Gran Queso Rojo (nombre como popularmente se le conoce) sin demasiada fortuna hasta la fecha.

En televisión tampoco ha tenido mucha más suerte. Su serie se emitió por la cadena CBS durante tres temporadas entre 1974 y 1977. La primera temporada bajo el título de *Shazam!* y las dos siguientes con el de *The Shazam!/Isis Hour*. El Capitán Marvel también ha tenido presencia en diversos especiales y series de animación pero sin la popularidad de otros personajes similares.

## Palabras mágicas

Al igual que nuestro Capitán Marvel, el General Glory, Black Adam o Johnny Thunder son otros de los personajes de cómics que adquieren sus poderes pronunciando una palabra mágica.

Los magos suelen utilizar palabras como Alakasam, Ábrete Sésamo, Hocus Pocus, Sim Salabim o Abracadabra para realizar sus trucos, con la creencia de que con ellas se podría generar realidades y dominarlas. Muchas de estas palabras tienen orígenes diversos y suelen derivar de idiomas que ya no se utilizan.

La más conocida, Abracadabra, no tiene un origen claro, aunque se cree que podría venir del arameo. Abracadabra vendría de «avra kahdabra», que podría traducirse como «creo de la nada a medida que hablo». Otra palabra con un origen incierto es Hocus Pocus. Parece ser que se trata de una burla a la Liturgia Eucarística Católica Romana, en su expresión «Hoc est corpus meum» («Este es mi Cuerpo»). Otra palabra muy popular es Ábrete Sésamo y Ciérrate Sésamo. Con estas palabras se abría y cerraba la cueva de los tesoros en el cuento de *Ali Babá y los 40 ladrones* perteneciente a la recopilación de *Las mil y una noches.*

Otros conjuros como «Por el poder de Grayskull, yo tengo el poder» sigue sin descubrirse su verdadero origen. Se sospecha que tiene relación con el mítico reino de Eternia y su legendario gobernante, el príncipe Adam, pero no se ha recuperado ninguna documentación de la época.

# THOR

**Primera aparición:** *Journey Into Mystery* n.º 83 (agosto de 1962).
**Nombre real:** Dr. Donald Blake.
**Aliados:** Capitán América, Iron Man, Sif, Bill Rayos Beta, Balder.
**Enemigos:** Loki, los Gigantes del Frío, Thanos, Norman Osborn.
**Poderes y armamento:** El arma principal de Thor es Mjolnir, su martillo encantado. Además posee la superfuerza de los asgardianos.
**Creado por:** Stan Lee, Larry Lieber y Jack Kirby.

## Dios del trueno y de las viñetas

Thor, el personaje publicado por Marvel Comics, está inspirando en el mitológico dios nórdico del mismo nombre. Es por ello que en sus páginas es recurrente la mezcla de temas mitológicos con los propios del género de superhéroes.

El alter ego de Thor es el Dr. Donald Blake quien, en unas vacaciones en Noruega, descubre una cueva en cuyo interior se encuentra un bastón con propiedades mágicas. Este, al ser golpeado en el suelo, transforma a Blake en Thor y al bastón en Mjolnir, el poderoso martillo de la mitología nórdica. Las aventuras de Thor transcurren entre Midgard (la Tierra) y Asgard, el hogar de los dioses nórdicos gobernado por Odín, padre de Thor y donde su hermanastro Loki intenta de mil maneras hacerse con el trono. Precisamente, Loki será decisivo en la creación del grupo de Los Vengadores, donde Thor es miembro fundador y uno de sus héroes más poderosos.

Por las páginas de *The Mighty Thor* han pasado algunos de los más grandes autores de la industria norteamericana. Es el caso de guionistas de la talla de Gerry Conway, Len Wein, Roy Thomas, Dan Jurgens o J. Michael Straczynski y dibujantes como Neal Adams, John Buscema, Walt Simonson, Olivier Coipel o John Romita Jr.

## Martillos de celuloide

Desde mediados de los años sesenta Thor ha ido apareciendo de forma regular en las distintas series de dibujos animados protagonizados por personajes de Marvel Comics.

Thor tuvo una aparición como personaje en *The Incredible Hulk Returns* (1988), un telefilm protagonizado por Bill Bixby y Lou Ferrigno y que recuperaba los personajes de la popular serie de finales de los setenta *The Incredible Hulk*. El Thor que aparece aquí tiene muy poca relación con el del cómic, convirtiéndolo en una parodia del mismo.

Más ajustado al personaje es la actuación de Chris Hemsworth, quien interpretara al superhéroe en *Thor* (2011) y *Thor: El mundo oscuro* (2013), así como en *Los Vengadores* (2012) y su próxima secuela *Los Vengadores: La era de Ultrón* (2015).

## Un elemento químico para el dios del Trueno

En honor a Thor, el dios del trueno en la mitología nórdica y germánica, se puso nombre al torio, elemento químico de la tabla periódica, de símbolo Th y número atómico 90. Pertenece a la serie de los actínidos. Fue aislado por primera vez en 1829 por el químico sueco Jöns Jakob Berzelius (1779-1848).

En la naturaleza se encuentra en minerales como la monacita, torita y torianita. Se trata de un metal blando de color plateado que se oxida lentamente que pertenece a la familia de las sustancias radiactivas. Entre las aplicaciones del torio se encuentra un posible uso como combustible nuclear. El torio metálico se utiliza para fabricar filamentos de lámparas eléctricas y en aplicaciones en material cerámico de alta temperatura.

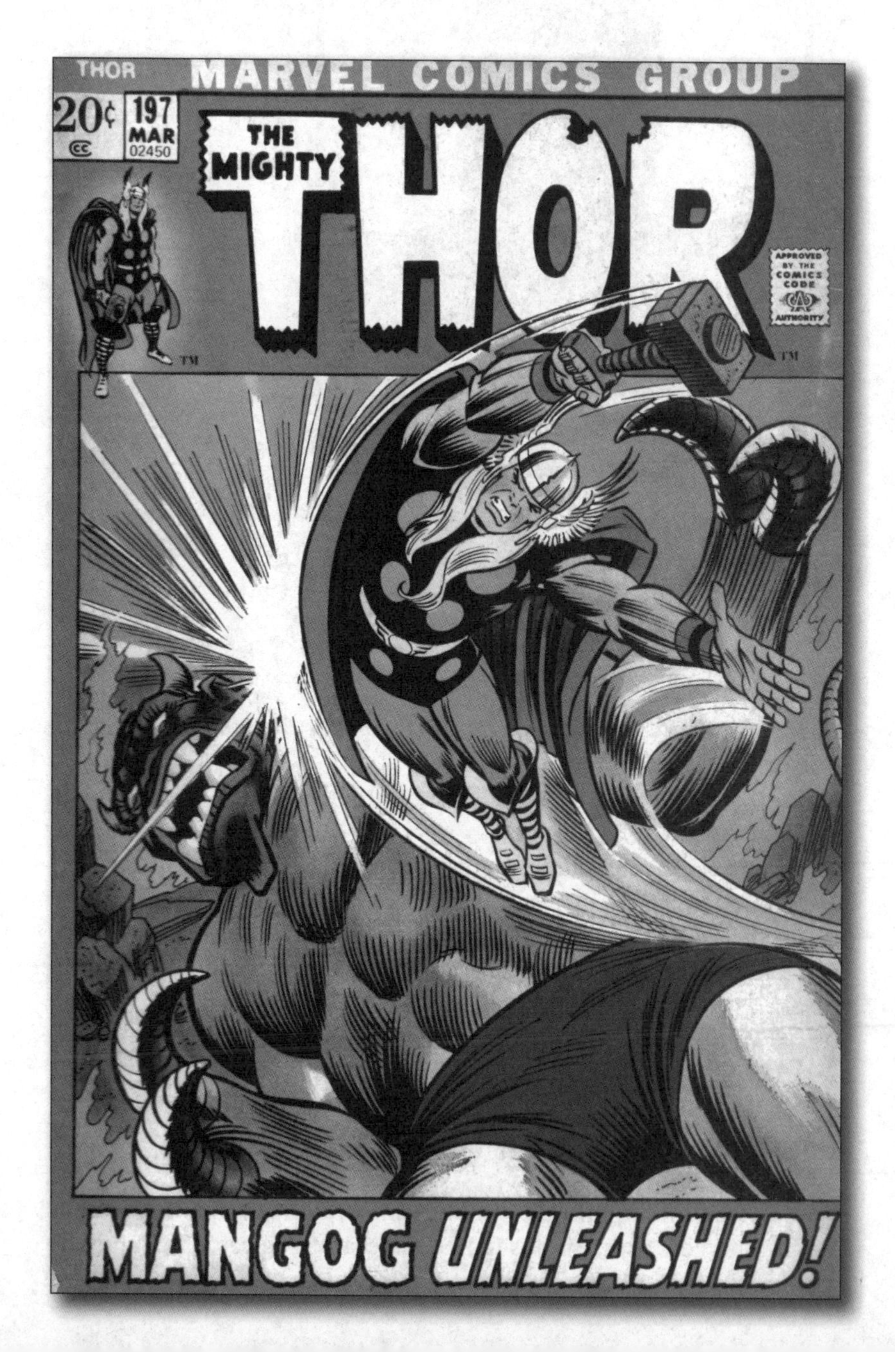

# HÉRCULES

**Primera aparición:** *Journey into Mystery Annual* n.º 1 (1965).
**Nombre real:** Hércules.
**Aliados:** Thor, Spiderman, Capitán América, Viuda Negra, Ojo de Halcón.
**Enemigos:** la Encantadora, Maelstrom, Kang, Señores del Mal, el Enjambre.
**Poderes y armamento:** Hércules es un hábil guerrero entrenado en el arte de la guerra, tanto el combate cuerpo a cuerpo como con armas.
**Creado por:** Stan Lee y Jack Kirby.

## Los griegos también tienen sus dioses

Hércules es un superhéroe de Marvel Comics que tiene bastantes similitudes con Thor. Ambos tienen raíces mitológicas, el segundo de origen nórdico, mientras que este bebe de la mitología griega. Hércules, en su nomenclatura romana o Heracles, el nombre original griego, es hijo de Zeus y Alcmena, una reina mortal. Este origen es común para el personaje del cómic y el mitológico. En lo que difieren es en el desenlace. Mientras que el personaje mitológico muere envenenado a manos de su esposa Deyanira, el de Marvel regresa al Olimpo de los dioses.

Hércules es desterrado por Zeus a la Tierra, donde tras enfrentarse a Thor a causa de diversos malentendidos, ingresa en Los Vengadores como miembro de pleno derecho. También ha sido miembro de Los Vengadores Costa Oeste y Los Campeones, grupo que tuvo una corta vida editorial y que contaba entre sus miembros al Hombre de Hielo, el Ángel, la Viuda Negra y al Motorista Fantasma, además del propio Hércules. Hércules es el más poderoso de los miembros del Olimpo, una fuerza que puede equipararse a la de Thor o Hulk. En su contra está su afición a la bebida y a las mujeres que no le han ocasionado pocos problemas.

## A la espera de su momento en el cine

Hasta la fecha, Hércules no ha tenido ninguna aparición en la gran pantalla. Donde sí que ha tenido más suerte es en televisión, aunque sólo en series de animación. Con breves apariciones se le ha visto en *The Marvel Super Heroes* (1966), *X-Men: The Animated Series* (1992) y *Fantastic Four: The Animated Series* (1994). No sería hasta *The Super Hero Squad Show* (2009), que no tendría un papel recurrente, aunque con un tono más humorístico del que nos tiene acostumbrado en los cómics.

## La Vía Láctea

Según la mitología griega Zeus, al ser Hércules el hijo de una mortal, lo puso en el pecho de su esposa Hera mientras esta dormía para que lo amamantara y se convirtiera en inmortal. Hera, enfadada por la infidelidad de su esposo, derramó la leche de su pecho dando lugar a la Vía Láctea.

La constelación de Hércules es una de las 48 constelaciones detalladas por el astrónomo Claudio Ptolomeo en el siglo II a.C. y una de las 88 actuales. Está representada por un hombre apoyado por una de sus rodillas y cuyo pie está pisando una de las cabezas del dragón que protege el Jardín de las Hespérides.

# PROMETHEA

**Primera aparición:** *Promethea* n.º 1 (agosto de 1999).
**Nombre real:** Sophie Bangs.
**Aliados:** Barbara Shelley, Stacia Vanderveer, Jack Faust.
**Enemigos:** Benny Solomon, Marchosias, Andras.
**Poderes y armamento:** semidiosa con habilidades mágicas.
**Creado por:** Alan Moore, JH Williams III y Mick Gray.

## Exquisitez narrativa hecha viñetas

La joven Sophie Bangs está realizando un trabajo universitario en el que está estudiando el origen de un personaje mitológico llamado Promethea que se repite periódicamente en la literatura y la cultura a través de los siglos. Para evitar que descubra la verdad, es atacada por una extraña fuerza mística y rescatada por lo que parece ser Promethea. Esta le explica que Promethea solo puede obtener su fuerza si la humanidad cree en ella, ya que es de aquí de dónde extrae su fuerza. Le afirma que a lo largo de la historia varias han sido las mujeres que han tomado el manto de Promethea y ahora es el turno de Sophie. Pero ella no estará sola, ya que sus predecesoras le acompañaran para asesorarla y enseñarle a utilizar sus nuevos e increíbles poderes.

Alan Moore, apoyado principalmente por el dibujante JH Williams III, pero también por otros autores, experimenta en cada número para dotar cada cómic de vida propia, visualmente distinto en cada entrega. Un juego en el que se obliga al lector a encontrar las pistas en cada viñeta y portadas de los 32 números de la serie.

Entre los numerosos premios que ha recibido *Promethea*, destaca el Premio Eisner al Mejor Guionista que recibió Alan Moore en el 2000 y 2001. El número 10 de la serie recibió un Eisner al mejor episodio único de 2001, y fue nominada al mejor guionista, serie continuada, mejor equipo de dibujante-entintador y mejor colorista en el 2004.

*Promethea* es uno de los cómics más personales del guionista británico Alan Moore. Cuando Moore empezó a trabajar en el sello *America's Best Comics* para WildStorm, tenía claro desde el principio que quería un título protagonizado por una mujer en donde volcar todos sus conocimientos místicos, relacionados con la cábala, las ciencias ocultas y el misticismo.

## Alan Moore, un personaje peculiar

Promethea no ha sido adaptada fuera del cómic. A diferencias de otros títulos creados por Alan Moore como *Watchmen*, *V de Vendetta* o *From Hell*, los derechos pertenecen a su creador y este es contrario a cualquier adaptación. Incluso en las películas mencionadas anteriormente, el nombre de Alan Moore no figura como creador por expreso deseo del autor, recayendo los derechos de la adaptación en el dibujante de la obra.

## Alan Moore y La Magia del Caos

Alan Moore, es uno de los guionistas más importantes de la historia del cómic. Entre sus obras destacan *Marvelman* (*Miracleman*), *V de Vendetta*, *Watchmen*, *From Hell* o *Lost Girls*, entre muchas otras. Pero también es reconocido por practicar la magia desde mediados de los años noventa. Se declara inscrito en la corriente de la Magia del

Caos, lo que le ha servido de fuente de inspiración para varias de sus obras, especialmente *Promethea.*

La Magia del Caos pertenece a una escuela heterodoxa de la tradición mágica moderna, que se basa en el uso libre de cualquier sistema de creencias según el practicante. Un estilo de magia que suele animar a sus creyentes a crear un método propio para la creación de un ritual concreto. Según sus practicantes, la Magia del Caos es la forma más poderosa de magia que existe.

# 6. LA GUERRA FRÍA

## CAPITÁN AMÉRICA

**Primera aparición:** *Captain America Comics* n.º 1 (marzo de 1941).
**Nombre real:** Steve Rogers.
**Aliados:** Bucky Barnes, Los Invasores, Los Vengadores, El Halcón, Sharon Carter, Nick Furia, Namor.
**Enemigos:** Cráneo Rojo, Barón Zemo, Arnim Zola, HYDRA, IMA, Barón Von Strucker, Batroc, MODOK.
**Poderes y armamento:** Fuerza, velocidad y reflejos superhumanos, Escudo de aleación de vibranium-acero.
**Creado por:** Joe Simon y Jack Kirby.

## El mayor y mejor soldado del Universo Marvel

En los albores de la industria del cómic norteamericano y en vísperas de la intervención de Estados Unidos en la Segunda Guerra Mundial, dos leyendas como **Joe Simon** y **Jack Kirby** crearon al Capitán América. Envuelto en la bandera norteamericana y predicando un mensaje patriótico (en su primer cómic el Capi propina un puñetazo al mismísimo Adolf Hitler), el raquítico Steve Rogers se convertía en el poderoso Capitán América gracias a un suero experimental del ejército de los EE.UU. cumpliendo su sueño de entrar en las fuerzas armadas. Acompañado de su fiel Bucky Barnes y portando su ya clásico escudo, el Capitán América luchó en el frente aliado hasta que en una trampa del Barón Zemo fue arrojado a las frías aguas árticas, donde permanecería congelado hasta ser rescatado años después por Los Vengadores. De esta forma, la leyenda viviente volvería a andar entre los héroes del mundo, convirtiéndose en un líder de las fuerzas del bien contra el mal.

## Éxito *in crescendo* del Capi

El Capitán América goza de una salud de hierro a punto de cumplirse los tres cuartos de siglo desde el nacimiento del personaje y su popularidad se ha visto extendida más allá de las fronteras norteamericanas gracias las películas de **Marvel Studios**. Desde *Capitán América: El Primer Vengador* hasta *Capitán América: Soldado de Invierno* pasando por la taquillera *Los Vengadores*, un acertado **Chris Evans** ha convencido a la audiencia interpretando a **Steve Rogers**. Sin embargo, al contrario de lo que pueda pensarse, el patriota superheróico por excelencia ya se había dejado ver en la pantalla anteriormente en tres películas en la era pre-digital (dos películas para televisión en 1979 y un largometraje de bajo presupuesto en 1990) de más que dudoso resultado para el ojo entrenado en el siglo XXI, donde los actores **Reb Brown** y **Matt Salinger** hacían lo que podían para rellenar el traje de un desmejorado Capitán América, convirtiendo a estas cintas en lo que podría denominarse eufemísticamente «cine de culto».

## Un escudo indestructible... o casi

Aunque originalmente el escudo del centinela de la libertad tenía forma triangular, no tardaría mucho en adoptar la forma circular por la que es conocido. Mucho más manejable y útil en el combate a distancia, este escudo ha sido destruido en numerosas ocasiones (por **El Doctor Muerte**, **Thanos**, **La Serpiente** o incluso un muy enfadado **Thor**) y siempre ha sido reconstruido posteriormente. El escudo que porta actualmente el abanderado vengador es una aleación de acero y **vibranio**. El vibranio, o **vibranium**, es un material ficticio de Marvel Comics creado por **Stan Lee** y **Jack Kirby** en la serie de los **Cuatro Fantásticos** con origen extraterrestre y la capacidad de absorber toda la energía vibratoria y cinética dirigida contra él, convirtiendo la energía y evitando cualquier desperfecto en la superficie o permitiendo amortiguar los golpes. Esto explica en parte por qué el vibranio es incluso resistente al adamantium (las garras de Lobezno no pueden dañar el escudo del Capitán América). Sin embargo, tal y como afirma la **Ley de Conservación de la Energía**, la energía ni se crea ni se destruye por lo que debemos imaginar que esa energía que absorbe queda inmediatamente disipada de alguna forma, ya sea en forma de calor, de sonido, luz, etc. No en vano, si fuera completamente cierto que el escudo de Steve Rogers absorbe toda la energía, no debería producirse ningún sonido al impacto con su objetivo (el sonido no deja de ser una onda propagación de ondas elásticas bajo un **movimiento vibratorio**) y por tanto todas las onomatopeyas clásicas de los cómics, aunque curiosas («WANK», «PTANG») no son reales.

# LOS CUATRO FANTÁSTICOS (The Fantastic Four)

**Primera aparición:** *The Fantastic Four* n.º 1 (noviembre de 1961).
**Aliados:** Los Vengadores, Hulka, Estela Plateada, Pantera Negra, Namor, Los Inhumanos.
**Enemigos:** Doctor Muerte, Galactus, Imperio Skrull, Annihilus, Diablo, Los Cuatro Terribles.
**Poderes y armamento:** Elasticidad, fuerza sobrehumana, invisibilidad y control del fuego.
**Creado por:** Stan Lee y Jack Kirby.

## La Primera Familia, pioneros Marvel

En el ecuador de la Guerra Fría, los legendarios autores **Stan Lee** y **Jack Kirby** utilizaron las inquietudes científicas y sociales por los rayos cósmicos como recurso argumental para crear a **Los Cuatro Fantásticos**. Los **rayos cósmicos** son un tipo de radiación formada por partículas subatómicas que proceden del espacio exterior. A pesar de su baja masa, su alta velocidad (cercana a la velocidad de la luz) implica que la energía de estas partículas es elevada. A pesar de los recelos iniciales, a altitudes a nivel del mar no existen peligros vitales gracias a la protección de las capas de la atmósfera pero... ¿qué ocurrirá si un cuarteto de valientes semi desprotegidos realiza un viaje experimental a las estrellas y son bombardeados por una tormenta de radiación cósmica?

## Los sinsabores del cuarteto en la gran pantalla

Tras más de medio siglo desde su creación, el cuarteto fantástico se ha convertido en uno de los iconos del noveno arte con más de 150 millones de cómics vendidos, ampliando su alcance al cine con dos superproducciones a cargo de **Tim Story** (y una nueva saga de **Josh Trank** en desarrollo), a series de animación, seriales de radio o videojuegos. Y es que cincuenta años de fantásticas historias y la desbordante imaginación de sus creadores han servido para que Los Cuatro Fantásticos viajen a todos los rincones del Universo (desde la selva africana **Wakanda** hasta una dimensión alternativa conocida como **Zona Negativa** pasando por las profundidades del **Imperio Skrull** o la perdida **Atlantis**), se hayan enfrentado a los más peligrosos enemigos (desde el temible Doctor Muerte hasta el todopoderoso **Galactus,** pasando por **El Hombre Topo** o **El Hombre Molécula**) y han conocido a aliados como **Los Inhumanos, Namor, Pantera Negra** o el exheraldo de Galactus: **Estela Plateada.** Toda una cosmología de localizaciones, personajes y conceptos fantásticos que les han convertido en el santo y seña de Marvel Comics.

## Los cuatro elementos

En el Universo Marvel, este accidente concede habilidades superhumanas. Con un guiño a los cuatro elementos de la naturaleza, estos cuatro individuos son transformados en poderosos metahumanos. **Reed Richards** (agua), genio científico, desarrolla una elasticidad que le permite estirar y deformar su cuerpo (y mente) a voluntad, adoptando el nombre clave de **Mr. Fantástico**. Su novia y futura mujer, **Sue Storm** (aire), adquiere la capacidad de volverse invisible y crear campos de fuerza invisibles. **Johnny Storm** (fuego), el hermano pequeño de la **Mujer Invisible**, es capaz de controlar el fuego en todas sus manifestaciones y emplearlo para lanzar proyecciones ígneas o crear campos de aire caliente que le permitan volar, autobautizándose como **La Antorcha Humana**. El último de este cuarteto, **Ben Grimm** (tierra), es el que más damnificado sale del accidente ya que a pesar de adquirir una fuerza e inmunidad superhumana, su aspecto físico es transformado en el monstruo pétreo anaranjado, que le convierte en objetos de burla y le impide llevar una vida normal, adoptando el nombre de **La Cosa**. Al sobrevivir al accidente, estos cuatro individuos deciden poner sus poderes al servicio de la humanidad, fundando así el primer grupo de superhéroes de La Casa de las Ideas.

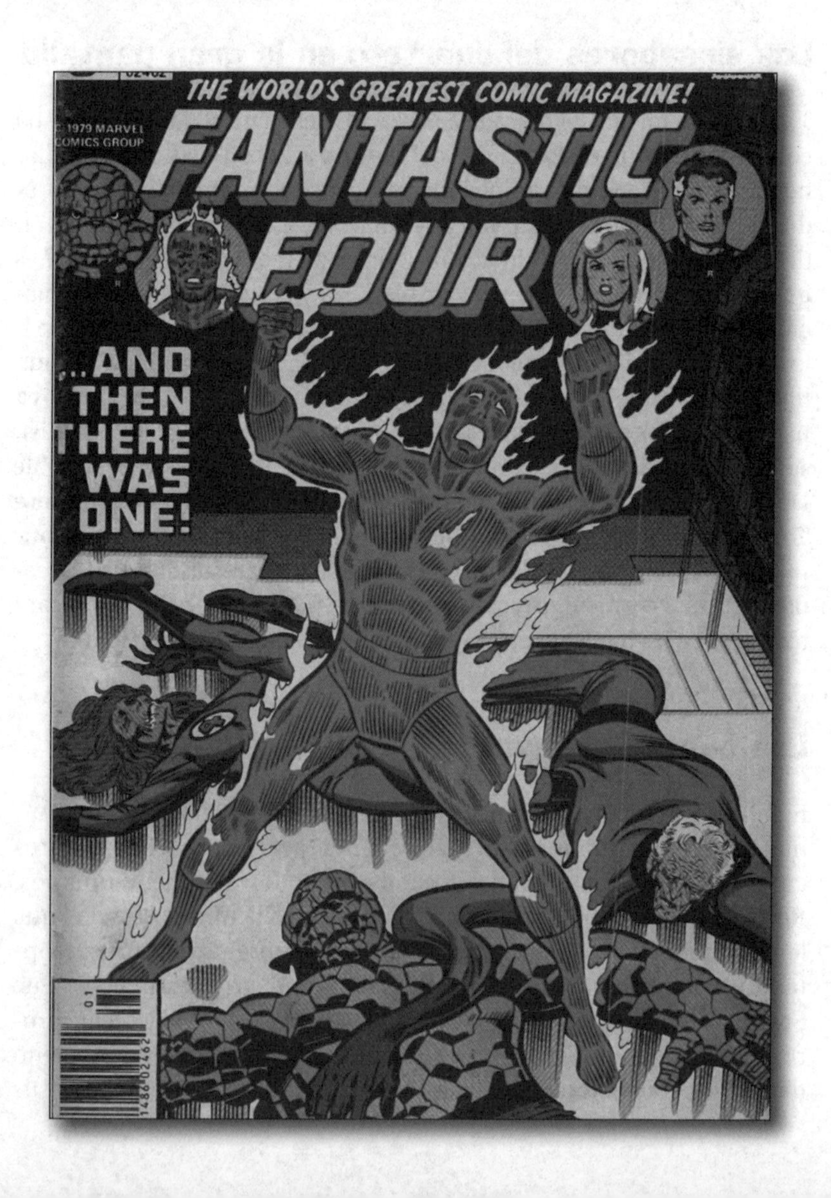

# IRON MAN
# (El Hombre de Hierro)

**Primera aparición:** *Tales of Suspense* n.º 39 (marzo de 1963).
**Nombre real:** Anthony Edward «Tony» Stark.
**Aliados:** Vengadores, Fuerza de Choque, Guardianes de la Galaxia, S.H.I.E.L.D., Máquina de Guerra.
**Enemigos:** Mandarín, Justin Hammer, Látigo Negro, Fin Fang Foom, Loki, Madame Máscara.
**Poderes y armamento:** Armadura Iron Man.
**Creado por:** Stan Lee, Larry Lieber, Don Heck y Jack Kirby.

## Nuestro genio millonario playboy filántropo favorito

**Iron Man**, el genio millonario playboy filántropo favorito del gran público, es el máximo exponente de la ciencia aplicada al servicio de la protección de la humanidad. **Tony Stark** no tiene ningún superpoder, pero su intelecto, fortuna y cualidad de futurista le han permitido diseñar y desarrollar la armadura de Iron Man, convirtiéndose en un héroe a la altura de dioses como Thor, de seres poderosos como el coloso esmeralda Hulk o de los omnipresentes mutantes. Además de su trabajo como aventurero en grupo y en solitario, Tony Stark no ha descuidado su faceta empresarial. Desde la original **Stark Industries**, al servicio de la industria militar, hasta la más reciente **Stark Resilient** orientada (tras un momento catárquico en la vida de Tony) a la aplicación de los avances tecnológicos para la mejora de la vida de la humanidad, los productos Stark siempre han sido un sinónimo de calidad, tecnología punta y futurismo.

## Robert Downey Jr., piedra filosofal Marvel

Miembro fundador de los Vengadores, la presencia de Iron Man en la cultura popular ha impregnado en el presente siglo XXI desde que **Robert Downey Jr.** interpretara al alter-ego de el **Hombre de Hierro** en las superproducciones de **Marvel Studios**, convirtiéndose en un icono para generaciones de jóvenes aficionados de todo el mundo. Se desconoce si el futuro del actor permanecerá ligado al del personaje más allá de la tercera entrega de Los Vengadores (prevista para 2018), pero Downey Jr. ha afirmado que no se plantea por el momento realizar más películas en solitario, para devastación de no pocos miles de aficionados, quienes consideran la interpretación del actor uno de los principales atractivos de los largometrajes de Marvel Studios.

## La Ley de Moore

La evolución de las armaduras de Iron Man desde su invención a manos de **Stan Lee, Jack Kirby** y **Don Heck** es un claro ejemplo del cumplimiento de la **Ley de Moore**, quien profetizó hace medio siglo (precisamente pocos meses después de la creación del personaje) que gracias a las mejoras de los procesos de fabricación el tamaño de los transistores disminuye a la mitad cada dos años, aumentando el nivel de integración de forma exponencial y reduciéndose el coste de los componentes electrónicos. Así pues, desde la muy rudimentaria y aparatosa armadura inicial y dejando de lado el hecho de que algunas de ellas llevaban patines incorporados en los pies, Tony Stark ha portado más de cincuenta modelos diferentes específicamente diseñados para las más misiones más exigentes, que varían entre viajes al espacio profundo, infiltraciones de contraespionaje o situaciones de control telemático a distancia. A pesar de este desfile infinito de modernas armaduras, Stark también ha tenido tiempo de diseñar y fabricar otros modelos para sus amigos **James Rhodes** (alias **Máquina de Guerra**) o **Pepper Potts** (alias **Rescate**).

La llegada de la nanotecnología ha supuesto un nuevo salto de gigante a los procesos de fabricación de armaduras. Tal y como se adapta en el tercer largometraje de Iron Man, en base a un suero experimental basado en nanotecnología militar, la ciencia bautizada como **Extremis** permite a Tony Stark implantarse a sí mismo la armadura en su flujo sanguíneo e invocarla a voluntad en el momento que él desee. Así pues, en esta ocasión el concepto una armadura todopoderosa capaz de salir mediante una orden mental está muy por delante de la curva tecnológica de la segunda década del siglo XXI, aunque nadie puede negar una creciente aparición de aplicaciones médicas basadas en la nanotecnología.

# NICK FURIA, DIRECTOR DE S.H.I.E.L.D.

**Primera aparición:** *Sgt. Fury and his Howling Commandos* n.º 1 (mayo de 1963).

**Nombre real:** Nicholas Joseph Fury.

**Aliados:** Comandos Aulladores, Los Vengadores, Maria Hill, S.W.O.R.D., Agente Coulson.

**Enemigos:** HYDRA, La Mano, Víbora, Cráneo Rojo, Barón Strucker, Hulk, Barón Zemo.

**Poderes y armamento:** Fórmula Infinito, últimos avances tecnológicos armamentísticos.

**Creado por:** Stan Lee y Jack Kirby.

## S.H.I.E.L.D. está donde menos te lo esperas

S.H.I.E.L.D. (que significa **Sistema Homologado de Inteligencia, Espionaje, Logística, y Defensa**) es la agencia secreta paramilitar de antiterrorismo del Universo Marvel encargada de velar por la seguridad de La Tierra fundada al término de la Guerra Fría. Para poder cumplir con esta misión, S.H.I.E.L.D. dispone de unos recursos económicos ilimitados que le han permitido desarrollar armas y prototipos tecnológicos que se sitúan al borde del campo de la magia. Desde avanzados **ciborgs SDVs** (Señuelos Dotados de Vida) empleados como señuelos hasta sencillos **coches voladores diseñados por Tony Stark**, pasando por los mandroides (exoesqueletos de combate que permiten a los agentes enfrentarse a enemigos poderosos) o costosos **trajes de invisibilidad** basados en la teoría de refracción de la luz que les permiten pasar desapercibidos.

## Samuel L. Jackson, un tipo duro

De entre todo el personal de S.H.I.E.L.D., no cabe duda que el más destacado es **Nick Furia**, veterano de la Segunda Guerra Mundial. Ante las graves heridas sufridas en aquel combate, Furia tuvo que probar la por entonces experimental **Fórmula Infinito**, la cual le curaría por completo (salvo el ojo izquierdo) y adaptaría su metabolismo a un envejecimiento retardado, habiéndole permitido seguir en activo casi tres cuartos de siglo después. Esta fórmula, el elixir de la eterna juventud tras el cual la comunidad biomédica y científica llevan décadas, ha permitido a Nick Furia continuar sus labores de contraespionaje como miembro de las OSS y de la CIA y, actualmente, como director de S.H.I.E.L.D. Dejando de lado la olvidable interpretación de **David Hasselhoff** en el filme dedicado al personaje, Furia ha incrementado su popularidad gracias al papel realizado por **Samuel L. Jackson**. No en vano, es el actor en el que se inspiraron **Mark Millar** y **Bryan Hitch** cuando reinventaron el concepto de S.H.I.E.L.D. y Los Vengadores para el presente siglo, funcionando como placa de Petri para el acercamiento de Marvel Studios en las adaptaciones cinematográficas.

## El Helitransporte de S.H.I.E.L.D.

La joya de la corona tecnológica de S.H.I.E.L.D. es el **Helitransporte**, una gigantesca base global de operaciones auto-propulsada que funciona a su vez en forma de portaaviones y que levita sobre el horizonte neoyorkino escondido entre las nubes. Dotado del arsenal más vanguardista, el Helitransporte, que levanta el vuelo en todo su esplendor en una impactante secuencia de Los Vengadores de **Joss**

**Whedon**, es una mastodonte de acero que soporta hasta diez mil toneladas de peso. Un razonamiento matemático concluye que para poder levantar ese peso y vencer a la fuerza de la gravedad, sería necesario que, empleando fórmulas físicas y aerodinámicas, los hasta ocho rotores del helitransporte ejerzan una fuerza mínima de dos mil millones de Vatios para desafiar la fuerza de la gravedad, la cual **Isaac Newton** definió en el siglo XVII como el producto de masa por la constante de gravitación universal. Se trata de una cantidad tremendamente elevada que se traduce en una cantidad de combustible inasumible en la realidad. Afortunadamente, la ficción aplica un coeficiente de corrección esencial para que no sea necesario subir los impuestos al contribuyente del Universo Marvel.

# LA VIUDA NEGRA
## (Black Widow)

**Primera aparición:** *Tales of Suspense* n.º 52 (abril de 1964).
**Nombre real:** Natasha Romanova.
**Aliados:** Los Vengadores, S.H.I.E.L.D., Daredevil, Iron Man, Ojo de Halcón, Campeones, Soldado de Invierno.
**Enemigos:** KGB, Yelena Belova, I.M.A., Guardián Rojo, Madame HYDRA, Barón Strucker.
**Poderes y armamento:** Cuerpo mejorado tecnológicamente. Mordedura de Viuda.
**Creado por:** Stan Lee, Don Rico, Don Heck.

## Una historia de espías

La **Guerra Fría** entre la **Unión Soviética** y los **Estados Unidos** fue un enfrentamiento a todos los niveles, desde el político al aeroespacial pasando por el económico y, por supuesto, el militar, donde los superhombres mejorados y los espías estaban a la orden del día. Uno de los ejemplos en los que estos dos aspectos confluyen en un mismo personaje es el de la Viuda Negra. Su entrenamiento cualificado, sus habilidades gimnásticas, su preparación aumentada, sus dotes de actriz para desarrollar el papel de doble (o triple) espía y sus armas vanguardistas la convirtieron en uno de los mayores activos de la Unión Soviética. Hasta que, en una de sus misiones, se enamoró de **Ojo de Halcón** y decidió cambiar su lealtad hacia los Estados Unidos. Una vez en el bando americano, Natasha se convertiría en una de las agentes de más confianza de **Nick Furia** y en uno de los miembros más valiosos de **Los Vengadores**, llegando a liderar al grupo durante una de sus épocas más oscuras, siendo uno de los defensores de la paz más valorados por sus compañeros de armas, habiendo establecido relaciones sentimentales con dos de ellos: **Daredevil** y **Soldado de Invierno**.

## Scarlett Johansson reclama más protagonismo

Más allá de las viñetas, la imagen de La Viuda Negra va asociada a la de **Scarlett Johansson**, quien consiguió el papel por incompatibilidades de agenda de última hora de la candidata original: **Emily Blunt**. A su primera aparición en *Iron Man 2* como agente de SHIELD, le siguió un papel importante en *Los Vengadores*, ostentando así el honor de formar parte de la primera formación del grupo, algo que en los cómics no ocurrió y donde tuvo que esperar casi diez años para ser admitida por el equipo, en *Avengers* n.º 111. Tras estas dos películas, Scarlett ha regresado a la pantalla en *Capitán América: El Soldado de Invierno* y hará lo mismo en la esperada *Los Vengadores: La era de Ultrón*. Se desconoce en qué película aparecerá a continuación, pero la rumorología la sitúa al frente de una película, convirtiéndose en la tercera superheroína en protagonizar su propia película, tras las olvidables cintas de **Catwoman** y **Elektra**.

## Nanobots, el futuro presente

Pese a sus evidentes aptitudes físicas, la Viuda Negra también se ha ayudado de la ciencia y la tecnología para mejorar sus habilidades de combate: los **nanites**. Se trata de un torrente de robots de escala micrométrica (un millón de veces más pequeños que un metro) construidos con componentes nanométricos (mil millones más pequeños). Pese al carácter futurista que pueda arrojarse en una primera reflexión, los nanites o **nanobots** es uno de los campos de aplicación más desarrollado del presente siglo, habiendo sustituido a las anteriores «carreras espaciales» y «carreras nucleares». Desde los sensores inerciales MEMS para la medición de la aceleración, inclinación o giro en automoción hasta la curación de células cancerígenas en el torrente sanguíneo, el espectro de aplicaciones que ofrece la curva tecnológica actual de los nanobots es infinito. Quizá sea pronto para aventurarlo, pero no es descartable que en algún momento del futuro sea posible emplear esta ciencia para, como la Viuda Negra, retrasar el envejecimiento, localizar a una persona en el globo terráqueo o, incluso, control mental.

# 7. SUPERHÉROES CON PROBLEMAS

## HULK

**Primera aparición:** *The Incredible Hulk* n.º 1 (mayo de 1962).
**Nombre real:** Dr. Robert Bruce Banner.
**Aliados:** Rick Jones, Los Vengadores, Los Defensores, ROM y los Spacekinghts, Panteón, Amadeus Cho.
**Enemigos:** S.H.I.E.L.D., «Thunderbolt» Ross, Hulkbusters, Abominación, El Líder, Hombre Absorbente.
**Poderes y armamento:** Fuerza, velocidad, reflejos y resistencia aumentadas.
**Creado por:** Stan Lee y Jack Kirby.

## Hulk aplasta

Durante buena parte de los años cincuenta y comienzos de los sesenta, el cómic de terror y de monstruos estaba de moda y triunfaba entre los jóvenes lectores americanos. Fuera del mundo del noveno arte, los adultos estaban más preocupados por la amenaza constante e inminente de un ataque nuclear, en plena Guerra Fría con la Unión Soviética. Dos conceptos tan alejados como los cómics o la amenaza nuclear iban a encontrarse, así como otros elementos de la literatura popular como **Frankenstein** o el **Dr. Jekyll** y **Mister Hyde**, para dejar paso al **Increíble Hulk**. De la mente y el lápiz de **Stan Lee** y **Jack Kirby**, el esmirriado científico **Bruce Banner** arriesgaba su vida para salvar la de un civil llamado **Rick Jones** de la detonación de una bomba experimental de rayos gamma. Al hacerlo, Banner quedaba expuesto a la bomba gamma, la cual alteraba completamente su fisionomía convirtiéndole en Hulk, un monstruoso gigante verde de fuerza y resistencia sobrehumana, además de una sensibilidad aumentada a la hora de enfadarse por cualquier detalle.

## Cinco actores para un papel

De lo que no cabe duda es de la presencia del gigante de Jade en la cultura popular, donde trasciende los confines de los cómics e irrumpe con fuerza en cine y televisión desde finales de los años setenta. Desde entonces, hasta cuatro actores han interpretado el papel de Bruce Banner (**Bill Bixby, Eric Bana, Edward Norton** y actualmente **Mark Ruffalo**), aunque tan solo el gran **Lou Ferringo** ostenta el honor de haber «portado» la verdosa piel de Hulk, haciendo creíble a los ojos de los aficionados en una época completamente pre-digital que este Mister Hyde moderno podía existir de verdad.

## Los rayos gamma

Curiosamente, al contrario de lo que pueda desprenderse de la lectura de las aventuras del coloso esmeralda, los **rayos gamma** no son verdes. De hecho, la radiación gamma carece de color, ya que sus frecuencias se encuentran por encima del espectro visible. El conocido como espectro visible es la porción del mucho más amplio espectro electromagnético que el ojo humano es capaz de percibir. Salvo casos excepcionales dignos de estudio por parte del mismísimo **Walter Bishop**, el espectro visible se encuentra entre los 400 y los 700 nanómetros, lo cual se traduce en una frecuencia de $10^{14}$ Hz. Los rayos gamma se encuentran por encima de los rayos X (los de las radiografías médicas o los de la visión de Superman) y tan solo por debajo de los rayos cósmicos (los que «otorgan» poderes a **Los Cuatro Fantásticos**). Su alta frecuencia, comprendida entre los $10^{20}$ y los $10^{21}$ Hz, implica que su longitud de onda (inversamente proporcional a la frecuencia y directamente proporcional a la velocidad de propagación de los rayos) es ínfima, alrededor de los 100 femtómetros (una milbillonésima parte del metro), penetrando hasta en las rendijas más pequeñas de las estructuras orgánicas o materiales, ya sea con resultados devastadores o con un propósito médico (esterilizar diminutas bacterias, insectos o células malignas). El transformar a un ser humano en un gran monstruo verde y cabreado no entra dentro de la teoría, pero las fronteras de la ficción no tienen límites.

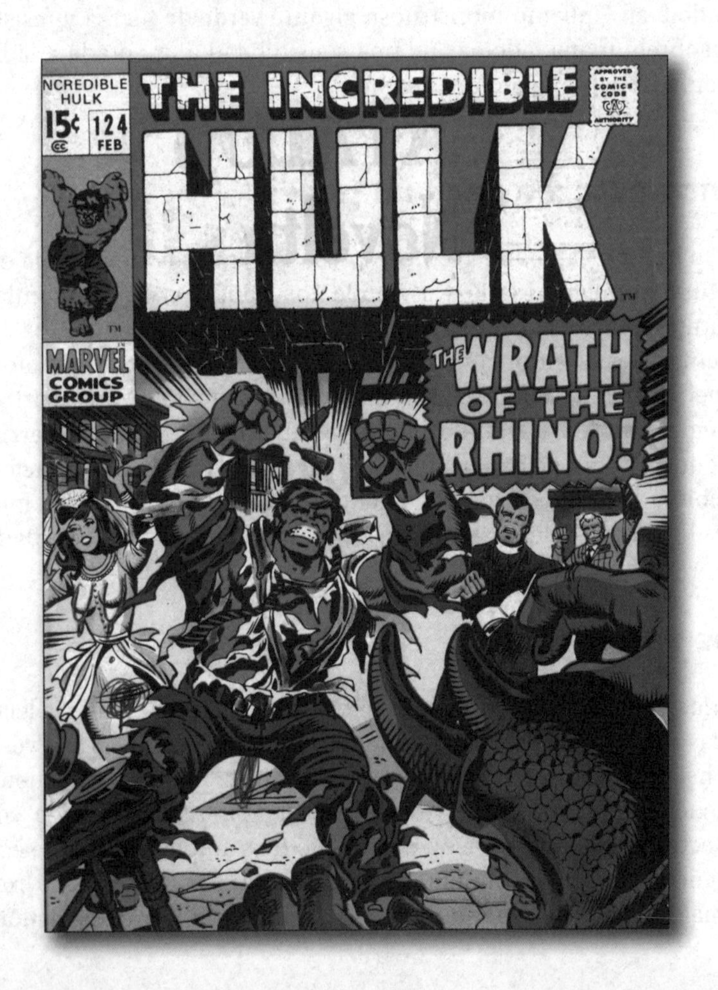

# LA COSA (The Thing)

**Primera aparición:** *Fantastic Four* n.º 1 (Noviembre de 1961)
**Nombre real:** Benjamin Jacob «Ben» Grimm
**Aliados:** Los Cuatro Fantásticos, Nick Furia, Fundación Futuro, Sharon Carter, Alicia Masters
**Enemigos:** El Amo de las Marionetas, Doctor Muerte, Hulk, Hombre Absorbente, Annihilus
**Poderes y armamento:** Fuerza y resistencia sobrehumana
**Creado por:** Stan Lee y Jack Kirby

## Los héroes y sus vidas de sufrimiento

Por expreso deseo de **Stan Lee**, el universo Marvel está repleto de pequeñas tragicomedias en las que el héroe, pese a salvar el día y el mundo, se retira a sus aposentos solo y hundido por algún problema personal que le asola, ya sea un amor incomprendido o sueño imposible. Uno de los ejemplos más dramáticos lo encontramos en **La Cosa.** El miembro rocoso de los **Cuatro Fantásticos** se llevó la peor parte en la lotería de los rayos cósmicos que le dieron a él y a sus amigos sus poderes. A cambio de una fuerza y una resistencia sobrehumana, el piloto militar conocido como **Ben Grimm** se transformó en un monstruo de piedra naranja con poco parecido al de un ser humano, lo cual le imposibilitaba cualquier relación física o romántica, aunque acabaría encontrando el amor en Alicia Masters, una escultora ciega con una sensibilidad extrema que supo ver la belleza del interior de Ben Grimm. A pesar de la carga que ello le supone, Ben es uno de los miembros de la comunidad superheroíca Marvel y de los más queridos y respetados por sus colegas de armas.

## Las segundas partes nunca fueron buenas

Desde que la primera entrega de los Cuatro Fantásticos debutará en 1961, La Cosa siempre fue el personaje más popular entre los seguidores Marvel, hasta el punto de que acabó gozando de su propia colección en solitario en dos ocasiones, a cargo de **John Byrne** y **Dan Slott**, además de la cabecera Marvel Two-In-One durante buena parte de los años setenta. En la gran pantalla y en las adaptaciones de **Tim Story**, el seleccionado para interpretar a Ben Grimm en su estado humano fue **Michael Chiklis**, el popular y galardonado actor de *The Shield*, Sin embargo, en el nuevo relanzamiento de la franquicia por parte de **20th Century Fox** y en medio de uno de los castings más polémicos que se recuerden, el director **Josh Trank** ha seleccionado a **Jamie Bell** (aquel chaval que hizo de **Billy Elliot**) para que interprete a Ben Grimm. Curioso cuanto menos.

## Moléculas inestables

**Reed Richards**, compañero de universidad y de equipo del propio Grimm, siempre ha estado preocupado por el estado de su amigo y ha hecho todo lo posible por ayudarle a revestir los cambios, sintiéndose en parte culpable por haberle convencido de pilotar la nave en el viaje que les dio esos fantásticos poderes. En la historia de los cómics, La Cosa ha recuperado su forma humana en varias ocasiones, algunas previstas y otras no tanto. Para evitar la vergüenza de verse desnudo a la hora de volver a su «estado original», Ben Grimm (así como todos los miembros del cuarteto) visten uniformes diseñados con **moléculas inestables**. Estos uniformes actúan como extensión de la piel e imitan los poderes de su portador (elasticidad, fuego, etc.). Este concepto no está muy alejado de algunos compuestos físicos, ya que los materiales conocidos como «materiales termorreceptores» son capaces de almacenar su configuración original, de forma que tras haber sido doblados o alterados son capaces de regresar a su estado normal a través de estímulos eléctricos o de temperatura.

# SPIDERMAN (Spider-man)

**Primera aparición:** *Amazing Fantasy* n.º 15 (agosto de 1962).
**Nombre real:** Peter Parker.
**Aliados:** Gata Negra, Daredevil, La Antorcha Humana, Los Vengadores, Lobezno, Madame Web.
**Enemigos:** Duende Verde, Doctor Octopus, Veneno, Kraven El Cazador, Electro, Rino, El Buitre, Misterio.
**Poderes y armamento:** Fuerza y agilidad proporcionales de una araña. Lanzarredes orgánicos.
**Creado por:** Stan Lee y Steve Ditko.

## El héroe definitivo

En una exposición científica, **Peter Parker** es mordido por una araña radioactiva y adquiere la agilidad y fuerza proporcional de un ser arácnido, además de la capacidad de adherirse a las paredes, factor de curación y un sexto sentido arácnido que le avisa de los peligros inminentes. Tras unos primeros pasos llenos de dudas sobre si aprovechar o no estos poderes para beneficio personal, las ya legendarias palabras pronunciadas por su tío Ben poco antes de su muerte, «Un gran poder conlleva una gran responsabilidad», marcaron la vida de un jovencísimo Peter, quien decidió luchar en el bando de las fuerzas del bien desde ese mismo instante. Más de cincuenta años después, la creación de **Stan Lee** y **Steve Ditko** se ha consolidado como el superhéroe más importante de Marvel Comics, del que se han publicado más de 2000 cómics y un sinfín de adaptaciones a otros medios y sus personajes secundarios son casi tan populares como el propio personaje, ya sea desde familiares como la **tía May** hasta sus intereses románticos como **Gwen Stacy** o **Mary Jane**, pasando por los carismáticos **J. Jonah Jameson**, **Flash Thompson** o la **Gata Negra**.

## El celuloide le sienta bien al trepamuros

La presencia histórica de **Spiderman** en la pequeña pantalla no tiene comparación con ningún otro personaje del noveno arte. Desde 1967, menos de un lustro después de su creación, Spiderman ya desfilaba los fines de semana ante los más pequeños en la casa en su primera serie de animación. Aquella serie sería sucedida por otra decena de adaptaciones televisivas de diversa duración y aceptación. Pero apariciones en televisión a un lado (y musicales, tiras de prensa, obras de teatro, parques temáticos, pijamas y videojuegos aparte), la mayor difusión arácnida procede de la trilogía cinematográfica dirigida por **Sam Raimi** con **Tobey Maguire** en el papel de un sufridor **Peter Parker**, **Kirsten Dunst** como **Mary Jane Watson** y **William Dafoe** interpretando al villano clásico del trepamuros, el **Duende Verde**. Tras tres entregas y una cuarta planificada que quedó en el limbo (**Anne Hathaway** hubiera interpretado a la **Gata Negra** y **John Malkovich** hubiera sido el villano de la película, **El Buitre**), Sony decidió relanzar la adaptación desde cero con un nuevo director (**Marc Webb**) y nuevo protagonista (**Andrew Garfield** como **Peter Parker**), un nuevo interés romántico (**Emma Stone** como **Gwen Stacy**) y un villano distinto (**Rhys Ifans** como **El Lagarto**). La popularidad de la franquicia está fuera de toda duda y ya son cuatro las películas previstas para los próximos años, incluidos *spin-offs* centrados en **Los Seis Siniestros** y **Veneno**.

## Un gran poder conlleva una gran responsabilidad

Los héroes se definen por muchas señas de identidad. Un símbolo, un slogan, una máscara, un uniforme… o un arma. **Spiderman** lo tiene todo, incluido esto último: los famosos lanzarredes del trepamuros. Ya que entre el espectro de poderes adquiridos por la picadura radioactiva no se encontraba la capacidad de generar redes como las arañas (en contra de lo que la versión de Sam Raimi sugiere), Peter Parker decidió construir sus propios lanzarredes. Aquel adentrado mínimamente en los conceptos básicos de física sabrá que el acto de columpiarse no es más que un intercambio de energía entre energía cinética (en función de la masa y de la velocidad que lleve el héroe al saltar) y energía potencial (que depende también de la masa y además de la gravedad y de la altura que se quiera superar), sin olvidarnos del efecto de la fuerza centrípeta, que es la fuerza que trabaja sobre el centro del círculo que describe Spiderman al balancearse y que hace que su cuerpo siga una trayectoria circular sin detenerse.

## PÍCARA (Rogue)

**Primera aparición:** *Avengers Annual* n.º 10 (noviembre de 1981).

**Nombre real:** Anna Marie.

**Aliados:** X-Men, Gambito, Magneto, Avengers Unity Squad, XSE, Tormenta, Lobezno.

**Enemigos:** Mística, Hermandad de Mutantes Diabólicos, Mr. Sinestro, Ms. Marvel.

**Poderes y armamento:** Absorción de poderes y memorias a través del contacto físico.

**Creado por:** Chris Claremont y Michael Golden.

## Historias Marvel de redención

En el Universo Marvel, la redención es posible. Durante más de cincuenta años de historias, incontables personajes han cambiado de bando en algún momento de su «villanesca trayectoria» y han escogido el de las fuerzas del bien, aunque también es cierto que muchos acabaron sucumbiendo de nuevo al lado oscuro. Son muchos los ejemplos, desde vengadores como la **Viuda Negra**, la **Bruja Escarlata** o **Mercurio** hasta miembros de La Patrulla-X como **Magneto** o la **Reina Blanca**, sin olvidar una colección de culto basada en el espíritu de la redención como fueron los *Thunderbolts* de **Kurt Busiek**. Sin embargo, nadie dijo que emprender el camino hacia las fuerzas de la libertad y no sucumbir a las tentaciones del pasado fuera fácil, como bien ha experimentado en sus carnes la mutante conocida como **Pícara**, uno de los miembros más importantes de La Patrulla-X. Los poderes de Pícara le permiten absorber los poderes, las habilidades y los recuerdos de las personas a las que toca. En función del tiempo que dura ese contacto, la absorción de los recuerdos es más duradera, dejando secuelas en la otra persona.

## Poderes fuera de control

Aunque esto puede parecer un poder interesante, Pícara no tiene control sobre ello, lo cual se agrava en el momento en el que no puede distinguir sus recuerdos de los de otras personas, ya que tiene almacenadas varias personalidades en su cabeza. Dos de las personas más importantes de la vida de Pícara son **Mística** y **Gambito**. La primera es su madre adoptiva y cuyo poder mutante es el de manipular y alterar los átomos de su cuerpo para duplicar el de cualquier otra persona humana (incluyendo su ropa) de forma exitosa. Esto incluye aspectos vitales para una espía como las huellas digitales, la retina, la voz o incluso el olor, con la única limitación de no poder aumentar su masa corporal (aunque si el volumen). Por otro lado, el mutante Gambito ha sido el mayor amor en la vida de Pícara y compañero en La Patrulla-X durante muchos años. El poder de **Remy LeBeau** tiene una base energética, ya que es capaz de cargar objetos inanimados con energía potencial, acelerando el movimiento entre las partículas y moléculas interiores del objeto y consiguiendo que este explote, pudiendo emplearlo como proyectil ofensivo. En varias historias Pícara ha establecido contacto físico con ambos personajes por lo cual tiene almacenados sus capacidades de combate.

## La Cura, punto final

Interpretada por **Anna Paquin**, **Pícara** es el primer miembro de La Patrulla-X en aparecer en la gran pantalla, perfilándose como el catalizador argumental de la trama de *X-Men*. Aunque en su personalidad y su relación con Lobezno convergen muchas características de otras mutantes como **Kitty Pryde** o **Júbilo**, Pícara se hizo con un lugar propio dentro de la cosmología mutante en el cine gracias a las tres primeras películas de la franquicia. De hecho, el buen papel de Anna Paquin sirvió para que posteriormente **Chris Claremont** diera ese nombre de pila al personaje en los cómics, algo que había sido secreto durante más de veinte años. En *X-Men: La Decisión Final* y tras un ataque de celos al ver a su novio, el **Hombre de Hielo**, con Kitty Pryde, Pícara decide poner punto y final a su «problema» y tomar **La Cura**, perdiendo los poderes en los compases finales de la película. Esta decisión pone en duda el futuro del personaje a largo plazo en las próximas adaptaciones mutantes, aunque Anna Paquin ha regresado para rodar varias secuencias de *X-Men: Días del Futuro Pasado.*

# 8. CONTRACULTURA Y POLITIZACIÓN HIPPY

## FLECHA VERDE (Green Arrow)

**Primera aparición:** *More Fun Comics* n.º 73 (noviembre de 1941).

**Nombre real:** Oliver Jonas «Ollie» Queen.

**Aliados:** Speedy, Canario Negro, Green Lantern, Hawkman, Átomo, Liga de la Justicia.

**Enemigos:** Deathstroke, Conde Vértigo, Doctor Luz, Komodo, Rey Reloj, Brick, Merlyn, Onomatopeya.

**Poderes y armamento:** Gran destreza como arquero y en el combate cuerpo a cuerpo.

**Creado por:** Mort Weisinger y George Papp.

## El atractivo innegable de arcos y flechas

**Green Arrow** es el arquero por excelencia del Universo DC y con una larga trayectoria a sus espaldas. Con una influencia evidente de **Robin Hood** en su creación, su popularidad fue en aumento a partir de los años sesenta cuando interpretó el papel de defensor de los derechos sociales y civiles desde un prisma urbano y alejándose de la esencia superheroíca. **Oliver Queen**, playboy aventurero, sufre un accidente de barco y queda atrapado en una isla donde debe aprender a sobrevivir en solitario. Para ello, aprende a manejar el arco y las flechas así como desarrolla un sentido de la responsabilidad del que no se separará cuando consigue volver a la civilización, asumiendo la identidad de Flecha Verde y aprovechando su fortuna para desarrollar una extensa gama de flechas trucadas (red, explosiva, criogénica, guante de boxeo, bomba de tiempo...) con las que combatir a los villanos en la ciudad de Star City o acompañando a la Liga de la Justicia a lo largo y ancho del mundo. El trabajo de guionistas como **Dennis O'Neil, Mike Grell, Kevin Smith** o **Brad Meltzer** escribiendo al arquero verde se cuenta entre las mejores obras jamás producidas por DC Comics.

## DC Comics, conquistando la pequeña pantalla

A pesar de que durante el presente siglo Marvel Comics ha superado a DC en lo que respecta a las adaptaciones de sus personajes a la gran pantalla y donde el arquero **Ojo de Halcón** brilla con luz propia, DC sigue manteniendo el dominio absoluto de la pequeña pantalla y también lo hace su arquero más conocido. Y es que a la espera de que **Flash** (re)aparezca en televisión, el último gran estreno en este medio ha correspondido a Flecha Verde, en la serie *Arrow* emitida por CW. Enfocado desde el punto de vista realista que imprime Warner Bros. a sus productos, **Stephen Amell** es el encargado de interpretar a un joven Oliver Queen en sus primeros pasos como superhéroe, donde se verá las caras con personajes populares del Universo DC como **Merlyn, La Cazadora, Deathstroke, Shado, Conde Vértigo** y, como no podía ser de otra manera, **Canario Negro**.

## La paradoja del arquero

No es de extrañar que muchos de los arqueros profesionales asistan a clases de física, ya que existe una fuerte relación entre ambos campos donde deben manejarse múltiples factores para analizar y predecir la trayectoria balística o tiro parabólico. En ella influyen la gravedad, la distancia, el ángulo de disparo, la velocidad inicial a la que la flecha es lanzada y el aire en contra en el momento del lanzamiento. Con todos esos elementos se produce la conocida como *Paradoja del Arquero,* por la cual el arquero debe apuntar deliberadamente su arco desviado de su blanco de forma que con este par de fuerzas se compense la desviación de la trayectoria causada al liberar la cuerda del arco. Al disparar, el arco imprime una gran fuerza sobre la flecha, la cual contiene poca masa, creando fuertes oscilaciones hasta que se estabiliza, de forma que es necesario calcular la oscilación con antelación, algo que un arquero experimentado como Flecha Verde así como otros famosos como **Ojo de Halcón**, **Legolas** o los **Na'vi** consiguen hacer de forma instintiva dada su gran experiencia.

# CHARLES XAVIER, PROFESOR X

**Primera aparición:** *X-Men* n.º 1 (septiembre de 1963).
**Nombre real:** Charles Francis Xavier.
**Aliados:** Patrulla-X, Starjammers, Imperio Sh'iar, Excalibur, Morlocks, Illuminati.
**Enemigos:** Magneto, Onslaught, Fénix Oscura, Juggernaut, Sebastian Shaw, Rey Sombra.
**Poderes y armamento:** Telepatía Clase Omega.
**Creado por:** Stan Lee y Jack Kirby.

## Defensor de los derechos mutantes hasta el final

El profesor **Charles Xavier** es el mutante más importante del Universo Marvel. Fundador de la **Escuela Xavier para Jóvenes Talentos** y de **La Patrulla-X**, este telépata de primer nivel ha luchado por una coexistencia en armonía entre humanos y mutantes desde que tuvo constancia de sus poderes. Inspirado por la novela *Historia de dos ciudades*, del británico **Charles Dickens**, Xavier ha liderado al bando de los buenos frente a amenazas como su antiguo amigo **Magneto**, su hermanastro **Juggernaut** o su némesis telepática **Rey Sombra** durante más de cincuenta años de historias, convirtiéndose en el equivalente mutante de Martin Luther King en lo referente a la defensa de los derechos y las libertades mutantes. Curiosamente, entre todas estas aventuras, aquella en la que mejor se pone de manifiesto la relevancia de Xavier es en una en la cual el propio personaje no aparece. Se trata de *La Era de Apocalipsis*, un relato que sitúa a los héroes en viajes temporales mediante un universo alternativo donde Charles Xavier murió (en realidad fue asesinado por su propio hijo, Legión, proveniente del futuro, pero esa historia es un poco larga...) antes de poder fundar La Patrulla-X. El hueco dejado por Xavier no encontró sustituto, pese a los esfuerzos de Magneto para mantener la promesa que le hizo a su entonces amigo en el momento de su muerte, y la arrolladora presencia de **Apocalipsis**, el primer mutante de la historia (nacido hace 5000 años), quien reconstruye la realidad a su imagen y semejanza, convirtiendo un presente próspero en un futuro apocalíptico para los humanos y los mutantes más débiles.

## Patrick Stewart, fichaje ideal

Además de convertirse en un icono hippie en la costa californiana durante los setenta, de llegar a aparecer en la portada de varios álbumes musicales para alegría de Stan Lee y de todas sus apariciones en series de animación y videojuegos de los X-Men, Charles Xavier ha tenido una presencia destacada en todas las películas mutantes gracias a la excelente interpretación de **Patrick Stewart**, quien se ganó con honores los derechos de interpretar al patriarca mutante por su trabajo en la serie de televisión *Star Trek: La Nueva Generación*. Tras su presencia en las tres primeras entregas mutantes (y un par de cameos en los *spin-offs* de **Lobezno**) y obviando su aparente muerte (descartada en parte por la escena post-créditos de *X-Men: La Decisión Final*), el actor fue relevado por **James McAvoy** en *X-Men: Primera Clase*, ambientada en los primeros tiempos de La Patrulla-X. Con motivo de la nueva película, X-Men: Días del Futuro Pasado, ambos «Charles Xaviers» (pasado y futuro) se darán cita en la misma película para intentar de salvar el presente y lo que toque de los malvados planes de **Bolivar Trask** y los **Centinelas**.

## La telepatía

Experimentos neurocientíficos han demostrado, en base a electrodos sensibles situados en el interior del cerebro que, los pensamientos humanos son movimientos del campo electromagnético de átomos de calcio, sodio o potasio (conocidos como iones). El flujo y el destino de estos iones se traducirán en una acción determinada (conscientes en gran parte). Además, estos ensayos han demostrado que las corrientes neuronales generan campos magnéticos de baja intensidad y baja frecuencia (y decrecientes con la distancia al origen), variables con el tiempo. Su amplitud es extremadamente débil, pero trasladándose a la ficción esto permitiría que un telépata poderoso y sensible como Charles Xavier (o su alumna aventajada, **Jean Grey**) pudiera detectar las ondas electromagnéticas y leer los pensamientos de otras personas, a no ser que porten un casco hermético como Magneto o Juggernaut. Incluso, estirando los límites de la ciencia, podría ser posible utilizar la mente para controlar las acciones de otras personas, estimulando determinadas regiones neuronales del córtex cerebral.

# ESTELA PLATEADA (Silver Surfer)

**Primera aparición:** *The Fantastic Four* n.º 48 (marzo de 1966).
**Nombre real:** Norrin Radd.
**Aliados:** Los Cuatro Fantásticos, Hulk, Doctor Extraño, Los Defensores, Nova, Guardianes de la Galaxia.
**Enemigos:** Galactus, Terrax, Morg, Doctor Muerte, Mefisto, Ego El Planeta Viviente, Magus, Thanos.
**Poderes y armamento:** Poderes cósmicos, capacidad de absorber y manipular la energía ambiente.
**Creado por:** Stan Lee y Jack Kirby.

## Heraldo de Galactus

**Galactus**, el Devorador de Mundos, es el único superviviente al *big bang*. Este ser cósmico de galácticas proporciones necesita consumir mundos completos para calmar su hambre insaciable. A tal efecto, Galactus selecciona varios heraldos en busca de mundos aptos para el consumo en vez de tener que hacerlo él en persona. De entre todos los heraldos, el más famoso de todos ellos es **Estela Plateada. Norrin Radd** era un habitante del planeta **Zenn-La** que consiguió convencer a Galactus para que perdonara a su mundo de ser consumido a cambio de aceptar convertirse en su heraldo y dedicar a buscarle nuevos mundos para él. El Devorador de Mundos aceptó y con una parte de su poder cósmico convirtió a Radd en Estela Plateada, quien surfeaba el cosmos sobre su tabla de surf plateada sirviendo a su amo. No fue hasta que llegó a la Tierra y gracias a conocer a un ser como **Alicia Masters** que entendió de la trascendencia de sus acciones y comprendió lo que significaba la nobleza y la humanidad, optando por traicionar a Galactus y aliándose en el bando de terrestres, siendo exiliado en el planeta azul para siempre por su antiguo jefe. Desde entonces, Estela Plateada siempre ha combatido en el bando terrestre y se ha convertido en uno de sus más importantes y poderosos defensores.

## Futuro en solitario en el aire

Stan Lee ha confesado en numerosas ocasiones que su personaje Marvel favorito es Estela Plateada, aunque precisamente es cuya creación menos ha influido dado que la historia atribuye casi todo el mérito a Jack Kirby. Sin embargo, la empatía de Stan por el surfero solitario ha servido para que impulsara a lo largo de los años varios proyectos centrados en Norrin Radd, aunque ninguno de la trascendencia de su aparición en la película *Los Cuatro Fantásticos y Silver Surfer*. En esta secuela fantástica, **Doug Jones** interpretaba al heraldo de Galactus y su actuación fue bien recibida, hasta el punto de que la **20th Century Fox** comenzó a preparar una secuela en solitario del personaje, con guión de **Joe Michael Straczynski**. Lamentablemente, la productora centró sus esfuerzos en las producciones mutantes y olvidó su franquicia fantástica, por lo cual la reaparición de Estela Plateada en la gran pantalla a corto plazo está en el aire.

## Poderes cósmicos

Los poderes cósmicos de Estela Plateada le otorgan un amplio rango de capacidades, desde absorción, manipulación y proyección de energía ambiente, hasta la creación y destrucción de agujeros negros, pasando por la navegación interestelar superando la velocidad de la luz. Como resultado de esto último, Estela ha sido capaz de viajar en el tiempo varias veces. El cuerpo de Estela Plateada, como su nombre indica, está cubierto de plata. Aunque se trata de un material solido a temperatura ambiente, se trata de un material muy dúctil y maleable (de ahí que Estela Plateada pueda modificar su cuerpo y su tabla hasta límites insospechados) y tiene la mayor tasa de conductividad eléctrica y térmica, lo cual explicaría que el heraldo de Galactus pudiera sobrevivir a los rigores del espacio exterior.

# HOWARD EL PATO
## (Howard The Duck)

**Primera aparición:** *Adventure into Fear* n.º 19 (diciembre de 1973).
**Nombre real:** Howard.
**Aliados:** Defensores, A.R.M.O.R., Doctor Extraño, Hellstorm, Man-Thing, Spiderman, Paul Same, Winda Wester.
**Enemigos:** Circo del Crimen, Dr. Angst, Sitting Bullseye, Tillie the Hun, the Spanker, Black Hole.
**Poderes y armamento:** Pato parlante que domina el arte marcial Quack-Fu y con talento para la magia.
**Creado por:** Steve Gerber y Val Mayerik.

## Reivindicaciones desde el noveno arte

A comienzos de los años setenta reinaba el caos en las oficinas de **Marvel Comics**. La creciente popularidad de los personajes de la editorial obligó a publicar cada vez más títulos y series, pero el crecimiento exponencial, una libertad creativa absoluta producto de las prisas y una mala planificación hizo que muchos de los cómics se publicaran tarde, obligando en muchas ocasiones a los guionistas a hacer horas extras, a dormir en el **Bullpen** o incluso a echar mano de no pocas «sustancias revitalizantes y alucinógenas» que tan de moda estaban en plena época hippy. Uno de ellos fue **Steve Gerber**, el guionista más bizarro y surrealista que ha pasado por La Casa de las Ideas. En uno de sus momentos de «inspiración máxima» creó a Howard El Pato, un personaje antropomórfico en un mundo poblado por humanos, que le sirvió para narrar sucesivas historias existencialistas y poner de manifiesto las preocupaciones sociales de la América de la época a través de la sátira y la crítica meta-ficcional encubierta.

## Primer personaje Marvel en la gran pantalla

Por fascinante que pueda parecer a tenor de la popularidad actual de los personajes Marvel en el cine, la primera película Marvel estuvo protagonizada por este peculiar pato parlante. En 1986, **Universal**

**Pictures** de la mano de **George Lucas** y **Lucasfilm** produjeron *Howard El Pato*, una irreverente comedia de ciencia ficción que originalmente estaba planificada como una película de animación pero que acabó siendo una película con baratos «efectos especiales» para crear a Howard y con actores de la talla de **Lea Thompson**, **Tim Robbins** o **Jeffrey Jones** en papeles de los que años más tarde se avergonzarían. La película fue un fracaso comercial y de crítica, entre otras razones por cambiar por completo la temática del personaje y olvidando su carácter reivindicador, satírico y existencial, optando por un tono más fantástico, aunque es cierto que recibió las bendiciones de Steve Gerber. Con el paso de los años, la película ha acabado convirtiéndose en una pseudo película de culto para los aficionados de Marvel Comics, aunque tendrá que pasar mucho más tiempo antes de que Howard regrese a la gran pantalla.

## Multiversos y tierras paralelas

Este pato con corbata, camisa y siempre pegado a un cigarro, gozó de gran popularidad durante todo un lustro hasta que diferencias creativas con la editorial acabaron con Gerber fuera de Marvel Comics para enfado de numerosos aficionados que se quedaron sin su particular «dosis» mensual. Gerber continuó a su manera las aventuras de Howard en *Destroyer Duck*, una serie publicada en **Eclipse** junto a **Jack Kirby**, donde todo ocurría como si fuera una tierra paralela, una premisa que por otro lado ya se había visto y se vería asociada al personaje en numerosas ocasiones. Y es que las tierras paralelas y la coexistencia de varios universos o realidades independientes es una hipótesis atractiva para los físicos quienes han llegado a teorizar la existencia real de un **multiverso** en base a la teoría de cuerdas. Esta teoría asume que las partículas materiales son en realidad puntos que vibran en un continuo espacio-tiempo de cuatro dimensiones.

# 9. MUTANTES HAY MÁS QUE UNO

## LA PATRULLA-X (X-Men)

**Primera aparición:** *The X-Men* n.º 1 (septiembre de 1963).
**Aliados:** Vengadores, Cuatro Fantásticos, Saqueadores Estelares, Imperio Sh'iar, Alpha Flight.
**Enemigos:** Magneto, Hermandad de Mutantes Diabólicos, Mr. Siniestro, Apocalipsis, Fénix Oscura.
**Poderes y armamento:** Mutaciones.
**Creado por:** Stan Lee y Jack Kirby.

## Odiados dentro de las viñetas, amados fuera de ellas

A mediados del siglo XIX, el inglés **Charles Darwin** revolucionó a la comunidad internacional anunciando su teoría de la selección natural bajo la cual los seres humanos, **Homo Sapiens**, han evolucionado desde unos ya lejanos ancestros comunes. Un siglo más tarde, **Stan Lee** y **Jack Kirby** revolucionarían el mundo del cómic con la creación de **La Patrulla-X**, representantes y defensores de una nueva raza en la cadena evolutiva bautizada como **Homo Superior** o, más popularmente, mutantes. Los mutantes, que estaban destinados a heredar la Tierra poniendo por tanto en peligro el futuro de la raza humano, son seres normales con habilidades especiales que les distinguen del resto.

## Camino hasta la gran pantalla

Tras varios conatos frustrados por parte de **James Cameron** o **Robert Rodríguez** de trasladar la cosmología mutante a la gran pantalla, sería Bryan Singer quien lograse tal hazaña al principio de este siglo en el primero de muchos largometrajes de una franquicia en expansión, con rostros tan conocidos como **Hugh Jackman** (Lobezno), **Patrick Stewart** (Profesor X), **Ian McKellen** (Magneto), **Halle Berry** (Tormenta) y muchos más. Sin embargo, la influencia del cine en las historias narradas en las cabeceras mutantes se remonta a los años setenta. Con la llegada de un joven guionista conocido como Chris Claremont dio comienzo a un influjo del cine en las historias mutantes. Desde la misma *Star Wars* (en las incursiones al **Imperio Sh'iar**) hasta *Terminator* (reflejado en personajes como **Nimrod** o **Cable**) pasando por *Alien* (Kitty Pryde y su batalla contra **El Nido**), *Los Goonies* (representados en **Los Morlocks**), *Cazafantasmas* (**Inferno**), *El club de los cinco* (**Nuevos Mutantes**) o la impronta de **Clint Eastwood** y **Charles Bronson** en **Lobezno** o la influencia de **Schwarzenegger, Stallone** y demás héroes hipertrofiados de los noventa en los nuevos héroes mutantes de esos años. Actualmente, y gracias a su quinta película (séptima si se contabilizan con los *spin-offs* de *Lobezno*), los mutantes han trascendido a la cultura popular y son ellos quienes son fuente de inspiración para otros subproductos fílmicos como *Héroes, Los 4400, Push* y muchos otros.

## Un grupo multiétnico

Bajo el liderazgo del profesor **Charles Xavier**, el telépata más poderoso del mundo, La Patrulla-X comenzó siendo un grupo de cinco jóvenes repudiados por la sociedad que encontraban refugio en la Escuela Xavier para Jóvenes Superdotados. La primera encarnación de este grupo estaba compuesta por **Cíclope** (con la capacidad de proyectar rayos de fuerza a través de los ojos) **La Chica Maravillosa** (telépata y telequinética), **Ángel** (capaz de volar gracias a sus dos alas), **El Hombre de Hielo** (su nombre lo dice todo) y **La Bestia** (el empollón del grupo con gran agilidad y fuerza). Desde entonces y durante los cincuenta años de historia del grupo, la alineación del mismo ha estado en constante evolución incorporando a mutantes de todo el globo como ocurriera, por ejemplo, en la **Segunda Génesis** mutante donde el canadiense **Lobezno** (factor de curación reforzado con un esqueleto de adamantium), la keniata **Tormenta** (control climático), el ruso **Coloso** (fuerte y duro como el acero), el británico **Banshee** (rayo sónico), el alemán **Rondador Nocturno** (capacidades de teleportación y agilidad) o el japonés **Fuego Solar** (capaz de controlar el fuego). Con el paso de los años, por la Mansión-X desfilarían incontables mutantes de todo sexo, raza y condición, desde **Gatasombra** a **Pícara** pasando por **Cable** o **Gambito** e incluyendo algunos villanos reconvertidos como **Magneto, La Reina Blanca** o **Mística.**

# CÍCLOPE

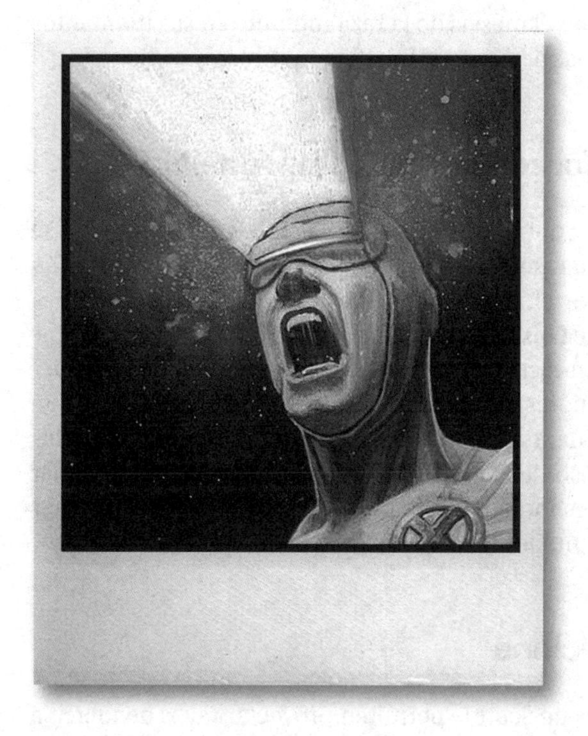

**Primera aparición:** *The X-Men* n.º 1 (deptiembre 1963).
**Nombre real:** Scott Summers.
**Aliados:** Patrulla-X, Vengadores, Cuatro Fantásticos, Saqueadores Estelares.
**Enemigos:** Magneto, Mr. Siniestro, Apocalipsis, Fénix Oscura.
**Poderes y armamento:** Rayos ópticos de energía solar.
**Creado por:** Stan Lee y Jack Kirby.

## Líder mutante desde el nacimiento

Aunque **Lobezno**, **Magneto** o el **Profesor X** sean los mutantes más populares gracias en parte a la exposición pública de la que han gozado en las adaptaciones cinematográficas, en lo que se refiere a la importancia dentro de las viñetas del Universo Marvel nadie puede poner en duda que **Cíclope** sea el homo superior más relevante de la editorial. **Scott Summers,** el primer recluta de Charles Xavier para la **Patrulla-X**, pronto demostró sus capacidades innatas de liderazgo y ya desde la primera ausencia de su mentor se convirtió en el líder del grupo, algo que ha permanecido inalterado hasta la actualidad durante casi cincuenta años, convirtiéndose en el mesías de la raza mutante en sus momentos más bajos y todo gracias a su gran visión. Y nunca mejor dicho.

## Desaparición forzosa poco comprensible

La presencia de Scott Summers en la saga cinematográfica mutante se reduce a las dos primeras y un pequeño papel en *X-Men: La Decisión Final*, interpretado por el actor **James Mardesen**. El fichaje de James para hacer de novio de **Lois Lane** en el *Superman Returns* de **Bryan Singer** fue considerado un «acto de traición» por los ejecutivos de Fox quienes obligaron a sus guionistas a suprimir/reducir el papel de Cíclope en la tercera cinta, eliminando de esta forma al líder mutante de un plumazo y dejando el peso de la acción en los hombros del archipopular **Hugh Jackman** y la desbordada **Halle Berry**. ¿Volverá Cíclope a formar parte de la mitología mutante en el cine? Solo el tiempo lo dirá.

## La visión de Cíclope

Los poderes mutantes de Scott le permiten proyectar rayos de fuerza a través de sus ojos. Estos haces de energía están constituidos por pura fuerza cinética de impacto, ya que carecen de calor o de radiación a la que tan solo son inmunes él mismo y sus hermanos (y viceversa): el líder de X-Factor **Alex Summers** (alias **Kaos**) y el déspota intergaláctico **Gabriel Summers** (alias **Vulcano**). Con la fuerza del impacto de estos rayos, Scott puede destruir de un solo golpe grandes estructuras e incluso puede emplear sus rayos con resultados mortales. Desafortunadamente, no puede controlar su propio poder por lo cual para evitar esta última y letal circunstancia, Cíclope está obligado a vestir unas gafas o un visor fabricados con cuarzo rubí (por lo cual nunca podrá ver una película en 3D), el único material resistente a sus poderosos rayos. Mediante un botón situado al lado del visor o un interruptor inalámbrico, Cíclope puede elevar la pantalla de cuarzo y emitir los rayos en distintas configuraciones: haz pulsado, rayo concentrado, estallido... El cuarzo es un mineral compuesto de una base de dióxido de silicio ($SiO_2$). Este material, que mantiene su cohesión a temperaturas que rozan los 900 ºC, está presente en la naturaleza en distintas configuraciones cristalizadas.

# ÁNGEL

**Primera aparición:** *The X-Men* n.º 1 (septiembre de 1963).
**Nombre real:** Warren Kenneth Worthington III.
**Aliados:** La Patrulla-X, El Hombre de Hielo, Los Campeones, Hércules, La Viuda Negra, Mariposa Mental.
**Enemigos:** Apocalipsis, Muerte, Los Jinetes del Apocalipsis, Magneto, Dientes de Sable, Cameron Hodge.
**Poderes y armamento:** Vuelo, maniobrabilidad aérea experta, factor de curación, alas de metal.
**Creado por:** Stan Lee y Jack Kirby.

## El poder de volar

Cuando durante la adolescencia a **Warren Worthington** le salieron unas alas blancas de los omoplatos, se dio cuenta de que iba a cumplir el sueño de mucha gente desde los tiempos de **Leonardo Da Vinci**: volar. Para muchos esto habría sido experiencia suficiente para varias vidas, pero para Warren no era suficiente y decidió ingresar en **La Patrulla-X** para tomar parte de la defensa de los mutantes. Miembro fundador del grupo, su carácter alegre y su sed de aventuras le llevaron a todos los rincones del Universo Marvel formando parte de grupos clásicos como **Los Defensores** o **Los Campeones**. Sin embargo, la vida de Warren iba a cambiar por completo cuando en un ataque de **Los Merodeadores** sufrió unas heridas casi mortales por las que tuvieron que amputarle las alas, afectando a su carácter y desesperándole hasta el punto de aceptar la oferta de Apocalipsis, quien le convirtió en su **Jinete de la Muerte** implantándole alas metálicas con cuchillas arrojadizas. Rebautizado como Arcángel, Warren pasaría los próximos años luchando contra su nueva programación genética y su nuevo creador, sucumbiendo finalmente y llegando a tomar el puesto de Apocalipsis como exterminador de los mutantes, siendo detenido en última instancia por **X-Force** y su amada **Mariposa Mental** en ese clásico moderno que es la *Saga de Ángel Oscuro*.

## Otra vez será, Warren

De los cinco miembros de La Patrulla-X original, el **Ángel** ha sido el que menos presencia ha tenido en la gran pantalla. Originalmente, en la primera película de **Bryan Singer**, estaba prevista tanto su aparición como la de la Bestia, pero fueron descartadas a último momento y hubo que esperar hasta el tercer largometraje para asistir a su debut. Interpretado por **Ben Foster** y sin nunca llegar a mencionarse su nombre de combate (y mucho menos vestir uno de los clásicos trajes de cuero mutantes), Warren sirve como el catalizador de la trama argumental relativa a la cura de los mutantes. La presencia de **Apocalipsis** como el gran villano del próximo largometraje mutante quizá sirva como excusa para devolver la gloria a uno de los miembros fundadores de los X-Men.

## Volar como los pájaros

El **Ángel** no es el único personaje de cómic que porta alas y es fácil encontrar otros casos como el de **Hawkman**, **Hawkgirl** y **Dawnstar** (DC Comics) o el **Buitre** y el **Halcón** (Marvel Comics), aunque debe puntualizarse que las alas de estos últimos no son naturales y que ellos vuelan gracias a otros dispositivos de anti-gravedad. Aunque las alas del Ángel le permiten volar, cuesta comprender la viabilidad por la cual las alas consiguen no solo sostener sino impulsar a un humano en el aire. Para entenderlo hay que acudir a la tercera **Ley de Newton**, que afirma que para cada acción se obtiene una reacción igual y opuesta. Bajo este principio físico y de forma similar a como lo hacen los pájaros, para generar una fuerza ascensional sobre el cuerpo hay que aplicar sobre el aire una fuerza equivalente hacia abajo. Obviamente, cuanto mayor es el tamaño y la envergadura de las alas mucho mayor podrá ser el aire desplazado y mucho mayor el impulso ascensional. Si Warren pesa (incluyendo la masa de las alas) 100 kg, sus alas deberían ser capaces de ejercer una fuerza continua hacia abajo sobre el aire de al menos esos 100 kg para mantenerse.

# LOBEZNO

**Primera aparición:** *The Incredible Hulk* n.º 180 (octubre de 1974).
**Nombre real:** James Howlett.
**Aliados:** La Patrulla-X, Alpha Flight, Los Vengadores, X-Force, Kitty Pryde, Spiderman.
**Enemigos:** Arma-X, Dientes de Sable, La Mano, Wendigo, Samurái de Plata, Dama Mortal.
**Poderes y armamento:** Factor curativo, sentidos superhumanos, esqueleto y garras de adamantium.
**Creado por:** Len Wein, Roy Thomas y John Romita Sr.

## Soy el mejor en lo que hago, pero lo que hago no es agradable

**Lobezno** debutó a mediados de los años setenta y pese a que otros personajes Marvel habían surgido casi tres lustros antes, enseguida este pequeño canadiense les superó en popularidad, convirtiéndose en una de las caras más visibles de la editorial y apareciendo en incontables series simultáneamente. Entre sus poderes destacan sus sentidos aumentados y su factor de curación, el cual ha retasado su envejecimiento permitiéndole vivir una vida larga (y en ocasiones sufridas) desde que naciera a finales de los ochenta... del siglo XIX. Canadiense de nacimiento y japonés de adopción, **Logan** combatió en la Segunda Guerra Mundial en el bando aliado (donde coincidió con el **Capitán América**) antes de ser secuestrado por **Arma-X**, el programa liderado por el Dr. Cornelius que le implantó un esqueleto de adamantium en todo su cuerpo a través de un doloroso proceso al que sobrevivió gracias a su factor curativo a costa de quedar amnésico de por vida, olvidando todo su pasado. Este esqueleto, junto a sus tres garras en cada mano, se convertiría en seña de identidad del mutante que sería conocido como **Lobezno**, nombre clave que emplearía desde su fichaje por **Alpha Flight** primero y por La **Patrulla-X** después, además de otros alias e identidades como **Parche, Muerte o Arma-X**. Con su presencia en La Patrulla-X y el trabajo de autores y leyendas como **Chris Claremont, John Byrne, Frank Miller, Marc Silvestri, Larry Hama** o **Jim Lee**, la figura de Lobezno se convirtió en una de las figuras mutantes más relevantes fuera y dentro de las viñetas. El resto es historia.

## Hugh Jackman, nacido para el papel

A estas alturas de la película, y nunca mejor dicho, la figura de Lobezno ha trascendido de las viñetas y ha expandido su círculo de popularidad, siendo inevitable encontrar referencias a Logan o al adamantium en numerosas sitcoms o juegos de rol. Desde los *mass media* (cine y televisión) hasta estribillos de no pocas canciones musicales o videojuegos y merchandising por doquier. Gran parte de este éxito lo tiene **Hugh Jackman**. Con la perspectiva que concede el tiempo y seis películas a sus espaldas, es imposible pensar en una alternativa más adecuada, pero en su día la contratación de este antiguo autor de musicales fue polémica entre los aficionados, quienes preferían otras opciones rumoreadas por aquel entonces como **Russel Crowe, Edward Norton, Mel Gibson, Keanu Reeves** o **Dougray Scott** (quien, de hecho, llegó a ser contratado para el papel pero sus problemas de agenda con *Misión Imposible 2* le imposibilitaron interpretar a un personaje que hubiera cambiado su vida). Sea como fuere, Hugh Jackman ha hecho suyo el papel de Lobezno y es difícil imaginar un futuro sin el actor interpretando al canadiense de adamantium.

## ¿Qué es el adamantium?

El **adamantium** es un material ficticio del Universo Marvel, creado con la intención de ser completamente indestructible una vez se ha moldeado a un estado sólido a través de un proceso químico extraordinariamente caro y a temperaturas cercanas a los 1500 grados centígrados. En el adamantium, los enlaces químicos comparten ciertas características con los enlaces covalentes (los enlaces químicos más fuertes) de metales existentes en los diamantes, sin las fisuras o desperfectos de estos últimos. En estos enlaces, a nivel micromolecular, los átomos del material permanecen mecanocuánticamente unidos a sus átomos vecinos, compartiendo los electrones de su periferia y haciendo muy difícil (y costoso) que estos enlaces se puedan romper.

# 10. LAS CHICAS SON GUERRERAS

## SUPERGIRL

**Primera aparición:** *Action Comics* n° 252 (mayo de 1959).
**Nombre real:** Linda Lee Danvers, nacida como Kara Zor-El.
**Aliados:** Batgirl, Canario Negro, Aves de Presa, Liga de la Justicia de América, Wonder Woman, Jóvenes Titanes, Power Girl, Wonder Girl.
**Enemigos:** Lex Luthor, Braniac, Mr. Frío, Bizarro Supergirl, Dollmaker.
**Poderes y armamento:** Al igual que Superman, Supergirl puede volar, tiene superfuerza, gran velocidad, reflejos sobrehumanos y

es invulnerable a cualquier arma convencional. Y como Superman, es vulnerable a la kriptonita.
**Creado por:** Otto Binder y Al Plastino.

## La prima de Superman

En *Superman* 123 (agosto de 1958) apareció una «superchica» que tal como vino se fue. Fue un intento de crearle una pareja a Superman pero no funcionó porque ya tenía a Lois Lane como novia del héroe. Para evitar malentendidos se creó a la Supergirl definitiva. Esta no sería novia o compañera del protagonista, sino una pariente cercana. De esta manera se evitaba cualquier malentendido. Y así sucedió en mayo de 1959.

En esta primera aparición se explica que Argo, una ciudad del extinto Krypton, vagó durante años en el espacio lo que permitió que naciera Kara y esta llegara a la Tierra unos años más tarde que su famoso primo. La popularidad del personaje hizo que pronto protagonizara algunas de las cabeceras de DC y que en octubre de 1972 Supergirl debutara con serie propia. A esta le siguió *The Daring New Adventures of Supergirl* (diciembre de 1982). Ninguna de las dos series tuvo mucha fortuna. Sin embargo esto no supuso su desaparición de los cómics. Esto ocurrió en el ya histórico número 7 de *Crisis en Tierras Infinitas* (octubre de 1985). Allí, Supergirl daba su vida en la lucha contra el Antimonitor a la vez que se convertía en la muerte más llorada del Universo DC.

En el nuevo universo que surgía tras la finalización de *Crisis en Tierras Infinitas* no había espacio para más kriptonianos que Superman. Lo cierto es que en 50 años de existencia del personaje habían aparecido tantos por sus páginas que daba la impresión que los únicos que murieron en la explosión de su planeta natal fueron sus padres. Cuando el guionista John Byrne se hizo cargo de la nueva serie de Superman, estuvo de acuerdo en que Superman sería el único superviviente de Krypton. Pero por otro lado, los fans no cesaban de reclamar la reaparición de Supergirl. Para contentar a unos y otros Byrne se sacó de la manga una Supergirl que no era kriptoniana. Un clon que vagó sin rumbo hasta que cayó en las manos de Peter David y le dio serie propia en septiembre de 1996. Tendríamos que esperar hasta el *Superman/Batman* n.º 8 (agosto de 2004) para descubrir a una nueva Supergirl que, dos décadas después de la muerte de la original, volvía abrir la Caja de Pandora del Universo DC.

En 2011, con el reinicio del Universo DC (los Nuevos 52) Supergirl volvió a tener serie propia y recuperó el parentesco con Superman. Pero no será una alegre y confiada Kara como la que debutó en 1959, sino una adolescente perdida en un mundo extraño y que parece querer atacarla continuamente.

## Supergirl ante su oportunidad dorada

El éxito del largometraje de Superman llevó a plantearse incluirla en la tercera entrega de la saga. En lugar de eso le dieron la oportunidad de protagonizar su propia película. El resultado fue *Supergirl* (1984), que no cumplió sus expectativas. Ni la presencia de los veteranos Faye Dunaway, Peter O'Toole y Mia Farrow, ni la de Helen Slater como Supergirl (papel en principio pensado para Demi Moore) logró que la película pasara de algo más que de un sonoro fracaso en taquilla.

En televisión, en la séptima temporada de *Smallville* (2007) pudimos ver por primera vez el personaje de Kara. Esta aparece interpretado por la actriz Laura Vandervoort, papel que repetiría en la octava y décima temporada de la serie. Supergirl también ha tenido apariciones en *Superman: The Animated Series* (1996) y *Justice League Unlimited* (2004), entre otras series, así como en la película de animación *Superman/Batman: Apocalypse* (2010) creada expresamente para el mercado doméstico.

# BATGIRL

**Primera aparición:** Batman n.º 139 (abril de 1961).
**Nombre real:** Betty Kane (1961), Barbara Gordon (1967), Helena Bertinelli (1999), Cassandra Cain (1999), Stephanie Brown (2009).
**Aliados:** Batman, Robin, Nightwing, Canario Negro, Supergirl.
**Enemigos:** Polilla Asesina, Knightfall, Joker, Gretel, Grotesco, Shiva.
**Poderes y armamento:** Batgirl es maestra es diversas artes marciales, así como una brillante estratega.
**Creado por:** Bill Finger y Sheldon Moldoff.

## El manto de Batgirl trae problemas

El origen de Batgirl no es tan fácil como otros personajes. El Universo DC tiene características especiales que hacen únicos a sus personajes y Batgirl no es una excepción. Para empezar hay hasta cinco personajes que han tomado el manto del personaje. La primera fue Betty Kane, sobrina de la Batwoman original y su origen habría que enmarcarlo más en un contrapunto amoroso Batwoman-Batman y Batgirl-Robin que no por necesidades reales de la historia. En 1964, cuando se decidió aligerar a la *batfamilia* de un número de miembros excesivo (en aquella época hasta tenían un «batperro»).

Aunque quizás la Batgirl más popular sea la encarnada por Barbara Gordon, hija del conocido Comisario de Policía de Gotham City (cuando se reescribió su origen después de *Crisis en Tierras Infinitas* pasó a ser su sobrina). Su carrera se vio truncada cuando El Joker le disparó dándole en la columna vertebral y dejándola paralítica. Esto ocurrió en el ya clásico *Batman: La broma asesina* (1988) de Alan Moore y Brian Bolland. Después de esa traumática experiencia se convirtió en Oráculo, formando el grupo *Aves de presa* y siendo la principal fuente de información de la mayor parte de los héroes de DC Comics.

La siguiente Batgirl fue Helena Bertinelli, conocida como La Cazadora, una vigilante cuya obsesión era acabar con la mafia. Helena se convirtió en Batgirl durante una breve etapa. Otros personajes que han tomado el nombre ha sido Cassandra Cain, la hija de un criminal que quiere enmendar el mal que ha hecho. Años más tarde le pasó el testigo a Stephanie Brown, siendo esta la última en llevarlo durante el periodo postcrisis. En 2011, tras la última restructuración del universo DC en el que se volvía a partir de cero, Barbara Gordon vuelve a ser Batgirl.

## Icono en los setenta y piedras de plata

Batgirl debutó en la pequeña pantalla en la tercera temporada de Batman (1967) interpretada por la actriz Yvonne Craig. El personaje sirvió de inspiración a una generación de chicas a sentirse identificadas con un personaje de cómic. Yvonne, después de la cancelación de la serie de Batman, interpretó una vez más a Batgirl en 1970 en un anuncio para promover la igualdad salarial entre hombres y mujeres.

Barbara Gordon/Batgirl ha aparecido de forma regular en las distintas series de animación en las que ha aparecido la batfamilia. Es el caso de The *Batman/Superman Hour* (1968), *The New Adventures of Batman* (1977), *Batman: The Animated Series* (1992), *The New Batman Adventures* (1997), *The Batman* (2004), *Batman: The Brave and the Bold* (2008) y *Young Justice* (2010). En la serie de acción real *Birds of Prey* (2002), basada libremente en el cómic del mismo título, su papel fue interpretado por la actriz Dina Meyer. Si bien la serie se centraba en el personaje de Oráculo, Batgirl aparecía en diversos flash-backs antes de que Barbara quedara confinada en su silla de ruedas. Aunque la serie no fue un éxito, sólo una temporada de trece episodios, no tuvo peores críticas que las que recibió Alicia Silverstone en *Batman y Robin* (1997).

# SPIDERWOMAN

**Primera aparición:** *Marvel Spotlight* n.º 32 (febrero de 1977).
**Nombre real:** Jessica Drew.
**Aliados:** Los Vengadores, Spiderman, SHIELD, SWORD, Lobezno, Powerman.
**Enemigos:** HYDRA, Modred, Ultrón, Nekra, Víbora, Norman Osborn.
**Poderes y armamento:** Fuerza, velocidad, resistencia y agilidad sobrehumanas. Descarga bioenergía a través de las manos.
**Creado por:** Archie Goodwin y Marie Severin.

## El poder de la marca

Si bien las versiones femeninas de héroes ya conocidos era una práctica más habitual de DC Comics que de Marvel, esta decidió sacar una Spider-Woman para evitar que ninguna otra editorial registrara el nombre. Así que Stan Lee encargó la creación del personaje y Archie

Goodwin y Marie Severin presentaron a Jessica Drew, la primera Spiderwoman, en el n.º 32 de Marvel Spotlight en 1977. El gran éxito de ese número unitario permitió que, un año después, debutara el primero de los 50 ejemplares de su serie regular. Aunque el origen de esta primera Spiderwoman se modificó un par de veces, al final se le achacó a un experimento del grupo terrorista HYDRA. Al final de la serie, Jessica muere, pero como suele ocurrir en estos casos, resucitó en esta ocasión tuvo que ser en las páginas de Los Vengadores. Precisamente es con Los Vengadores dónde últimamente se le ha visto de forma regular.

Otras heroínas se han puesto las mallas de Spiderwoman. Una de ellas fue Julia Carpenter (*Secret Wars* vol. 1 n.º 6, octubre de 1984). Creada por un grupo gubernamental secreto llamado La Comisión. Más tarde tomaría la identidad de Arachne. En la actualidad es la nueva Madame Web. Otra Spiderwoman fue Mattie Franklin que también obtuvo poderes arácnidos. Eso fue en *The Amazing Spider-Man* vol. 2 núm. 5 (1999). Otras Spiderwoman menos conocidas han sido Veranke, una *skrull* infiltrada en nuestro planeta que suplantó a Jessica Drew y la supervillana Charlotte Witter cuyos poderes absorbió Mattie.

## Suerte dispar de la «prima» arácnida

A Spiderwoman se le ha visto poco en televisión (y nada en el cine). Jessica Drew tuvo una serie de animación propia en 1979. Fueron de tan solo 16 episodios emitidos por la cadena ABC entre septiembre de 1979 y enero de 1980.

En 1994 fue Julia Carpenter la Spiderwoman que se pudo ver de forma en las dos temporadas de la serie de animación *Iron Man: The Animated Series*. La versión de, de Spider-Woman apareció regularmente en el 1994 *Iron Man la serie animada* con la voz de Casey DeFranco en la primera temporada y Jennifer Hale en la segunda temporada.

## Las telarañas de Spiderwoman no son de seda

A diferencia de Spiderman, Spiderwoman no lanza telarañas a través de un dispositivo acoplado en la muñeca sino que lanza a través de sus manos una especie de bioenergía con la que ataca a sus enemigos.

También las distintas especies de arañas lanzan diferentes tipos de seda. Cada una con propiedades y características diferentes. En cualquier caso, todas ellas presentan una asombrosa resistencia a la rotura y extensibilidad. Una resistencia similar a la del acero pero con una capacidad para deformarse 10 veces superior. Es por eso que las potenciales aplicaciones de la seda de araña en diversos campos industriales son muy amplias. Se están realizando estudios para aplicarlo en la regeneración de órganos, tendones y ligamentos. Pero también en la industria armamentística (tanto en balística como en chalecos antibalas) y en la fabricación de materiales de protección para usos civiles.

# HULKA (She-Hulk)

**Primera aparición:** *The Savage She-Hulk* n.º 1 (febrero de 1980).
**Nombre real:** Jennifer Walters.
**Aliados:** Hulk, La Cosa, Capitán América, Power Man, Hércules, SHIELD.
**Enemigos:** Titania, Doctor Bong, Hulkbusters, el Líder.
**Poderes y armamento:** Fuerza e invulnerabilidad similar a la de Hulk.
**Creado por:** Stan Lee y John Buscema.

## Abogada por el día, superhéroe por la noche

La abogada Jennifer Walters, prima de Bruce Banner (el científico que se transforma en Hulk) es atacada por miembros de la banda de Nicholas Trask que la hieren de gravedad. Casualmente, Bruce Banner era la única persona con el mismo grupo sanguíneo que Jennifer por lo que era su única esperanza. Como era de esperar, la sangre radiactiva de Banner reaccionó con la de Jennifer mutándola en un ser con poderes similares a los de Hulk.

Si bien al principio el carácter de Jennifer justificaba el título de la serie (*The Savage She-Hulk*), este se fue apaciguando hasta conseguir que la inteligencia de Jennifer Walter dominase también la fuerza de Hulka. Con el tiempo, era la agresividad de Hulka la que se apoderaba de Jennifer Walters, lo que hizo que prefiriese cada vez más estar en la piel de la gigante de jade.

Si bien buena parte de sus aventuras han transcurrido en solitario, no ha tenido problemas para unirse a Los 4 Fantásticos, Los Vengadores, Fantastic Force o Héroes de Alquiler. Últimamente ejerce como abogado en la división de Ley Superhumana de la firma de abogados Goodman, Lieber, Kurtzberg & Holliway. Se trata de un peculiar bufete que se encarga de los casos más extraños del Universo Marvel.

Hulka ha tenido varias series regulares, aunque los sesenta números de la serie *The Sensational She-Hulk* (1989-1994) ha sido su etapa más recordada, especialmente los números escritos y dibujados por el canadiense John Byrne.

## Apariciones fugaces

Hulka no ha tenido mucha fortuna en cine y televisión. En televisión sus fugaces apariciones han sido en series de animación. Es el caso de *The Incredible Hulk* de la NBC (1982) o un breve cameo en la serie de *Los Cuatro Fantásticos* (1994). También aparece brevemente en la primera temporada de *The Incredible Hulk* (1996) aunque en la segunda toma un mayor protagonismo al cambiar el título de la serie por el de *The Incredible Hulk and the She-Hulk*. Su siguiente aparición sería en *Fantastic Four: World's Greatest Heroes* (2006). Tres años más tarde, de forma fugaz, aparece en *The Super Hero Squad Show*, la serie de dibujos inspirada en la línea de juguetes de Hasbro. Para mayor protagonismo hemos tenido que esperarnos hasta el 2013 y la serie *Hulk and the Agents of S.M.A.S.H.*, protagonizada por Hulk, Hulk Rojo, A-Bomb, Skaar y, por supuesto, Hulka.

En la gran pantalla no ha tenido ninguna aparición aunque si varios proyectos. Quizás el más sonado fue el anunciado a principios de 1990 y en el que tendría como protagonista a la actriz danesa Brigitte Nielsen como Jennifer Walters/Hulka. Este proyecto, como tantos otros, acabó abandonado. Periódicamente hay rumores con diferentes actrices con la intención de llevar a la gran pantalla las aventuras de She-Hulk, pero lo cierto es que no hay nada confirmado en estos momentos.

## El origen de las transfusiones

La primera «transfusión de sangre» que hay constancia escrita se realizó en el siglo XV. Según el relato de Stefano Infessura en 1492 el papa Inocencio VIII cayó enfermo y se utilizó la sangre de tres niños para administrársela vía oral. En el proceso murieron los niños y el Papa. La siguiente transfusión no tuvo un final mejor. Fue en 1667, cuando el doctor Jean-Baptiste Denys intentó curar a un enfermo de sífilis que murió después de haber recibido tres transfusiones de sangre de perro. No fue hasta la primera década del siglo XIX que se identificaron los diferentes tipos de sangre y la existencia de incompatibilidad entre el donante y el receptor.

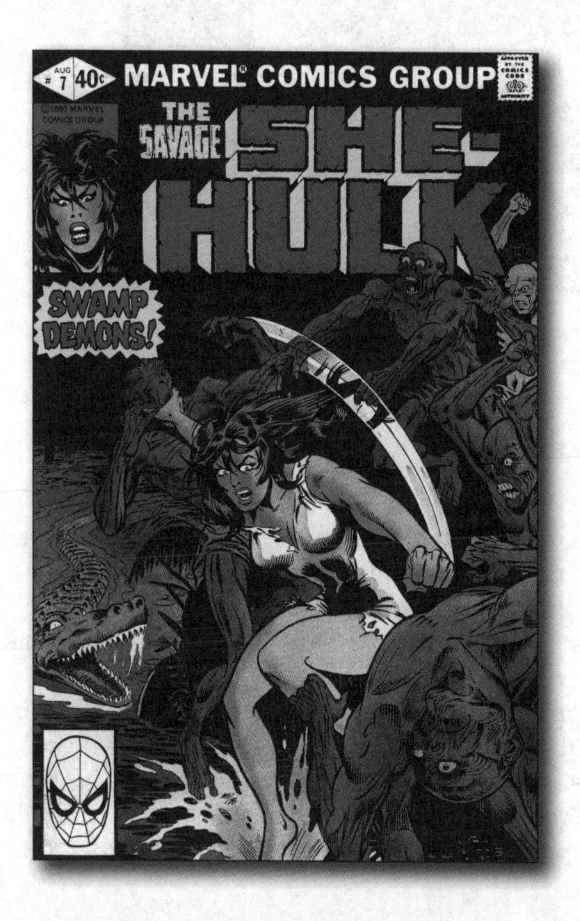

# 11. TERROR Y RELIGIÓN

## VAMPIRELLA

**Primera aparición:** Vampirella n.º 1 (septiembre de 1969).
**Nombre real:** Vampirella, aunque también utiliza el nombre de Ella Normandy.
**Aliados:** Adam y Conrad Van Helsing, Barnabas Collins, Dixie, Kelly.
**Enemigos:** Drácula, Ikari, Kulan Gath, Blood Red Queen Of Hearts, Dr. Midwinter, Lord Gore.
**Poderes y armamento:** Tiene una agilidad y fuerza sobrenatural, puede volar, controlar a los animales e hipnotizar a voluntad.
**Creado por:** Forrest J Ackerman y Trina Robbins.

## Vampirella, fenómeno de masas

El personaje de Vampirella, publicado por Warren Publishing, tenía en sus inicios un origen extraterrestre. El personaje era un habitante del planeta Drakulón, un lugar en donde sus ríos en lugar de fluir agua, llevan sangre. Una sangre que servía de alimento a sus habitantes. Alrededor de tan peculiar planeta orbitaban dos soles llamados Sátiro y Circe que entraban periódicamente en erupción eliminando la vida en Drakulón e iniciando un nuevo ciclo, dando lugar a una nueva civilización. En un periodo de erupción aterriza una nave procedente de la Tierra. Vampirella regresa con la nave a nuestro planeta y en lugar de dedicarse a repartir mordiscos a diestro y siniestro, se convirtió en una heroína que se enfrentaba a todo tipo de seres sobrenaturales. Lo más llamativo del personaje era el escaso uniforme que cubría su cuerpo. Tan sólo un diminuto bikini de color rojo, con unas botas altas a juego. Si bien los dibujos iniciales eran de Tom Sutton, fue con la llegada del español José González en su número 12, cuando el aspecto gráfico del personaje fue totalmente definido. Aún hoy en día, su etapa al frente de la serie es la más recordada por los fans de la sugerente vampira.

Cuando Harris Comics adquirió los derechos de Vampirella en 1991 realizó una puesta al día del personaje. En la historia *Mistery Walk* se revela que los recuerdos de Vampirella habían sido manipulados por sus hermanos. En realidad era la hija de la vampira Lilith, la primera mujer de Adán. Lilith, al ser expulsada del paraíso encontró cobijo en el infierno y creó a los vampiros. Por otra parte Drakulón, no era un planeta, sino un nivel de dicho infierno. Arrepentida, engendró a Vampirella con la intención de acabar con los vampiros malignos que habitaban la Tierra. Desde el 2010 la editorial Dynamite Entertainment es la responsable de editar las aventuras de Vampirella.

## La gran pantalla se resiste

En 1996 se estrenó una versión de *Vampirella* directamente para el mercado del vídeo. Protagonizada por la actriz Talisa Soto y dirigida por Jim Wynorski, un habitual del cine de serie B, el resultado fue decepcionante para los fans del personaje y totalmente olvidable para el resto de los espectadores.

La cinta se inspira libremente en el cómic de *Vampirella*. Como en el cómic, la acción transcurre en el planeta Drakulón. La diferencia de esta adaptación con su versión en papel, además del uniforme más conservador de su protagonista, es que aquí existen unos vampiros rebeldes que prefieren chupar la sangre del cuello de sus víctimas. Liderados por Vlad, estos acaban con el consejo de ancianos del planeta y huyen hacia la Tierra. Vampirella irá tras ellos para vengar su muerte. En los títulos de crédito finales se anunciaba una secuela titulada *Death's Dark Avenger* que nunca llegó a ver la luz.

## «Vampiros» entre nosotros

Varias han sido las enfermedades que se han relacionado con sus síntomas. Estos afectados nada tienen que ver con la versión romántica que el escritor Bram Stoker y seguidores han plasmado en las novelas. La ciencia ha atribuido algunas de las características atribuidas a los vampiros a una extraña enfermedad de la sangre que se llama porfiria. Algunos de los síntomas de esta enfermedad coinciden significativamente con las características más populares de los vampiros. En sus fases más avanzadas, la porfiria provoca una fuerte anemia en el enfermo, lo que una destacada palidez. Estas personas necesitan vivir en la oscuridad debido a que les afecta la luz solar y los debilita. También explica por qué le desagradan los ajos, ya que estos contienen ciertas sustancias que agravan los efectos de la luz del sol en el enfermo.

# LA COSA DEL PANTANO (Swamp Thing)

**Primera aparición:** *House of Secrets* n.º 92 (julio de 1971).
**Nombre real:** El personaje ha asumido la identidad de varias personas aunque la más conocida es la de Alec Holland.
**Aliados:** Parlamento de los árboles, Liga de la Justicia Oscura, John Constantine, Animal Man.
**Enemigos:** Hombre Florónico, Jason Woodrue, Lex Luthor.
**Poderes y armamento:** Autorregeneración, control sobre la vegetación, fuerza sobrehumana.
**Creado por:** Len Wein y Bernie Wrightson.

## Un clásico del cómic enterrado entre murciélagos y arañas

La primera vez que apareció la Cosa del Pantano lo hizo en el cómic *House of Secrets* n.º 92 en junio de 1971. Su protagonista es el científico Alex Olsen que muere en una explosión del laboratorio donde trabajaba a causa de un sabotaje causado por Damian Ridge, compañero de Olsen. La explosión transforma a Alex Olsen en un ser monstruoso que acaba vengándose de su asesino. El éxito de esta corta historia corta hizo que DC Comics encargara a sus creadores nuevas aventuras para una serie regular del personaje. Así, en octubre de 1972, se presenta el n.º 1 de *Swamp Thing*. En este primer número nos narran una historia ligeramente modificada. El protagonista se llama Alec Holland, un científico que trabaja en los pantanos de Louisiana en la búsqueda de una fórmula biorregenerativa que ayudara a convertir los desiertos en bosques. Unos agentes que querían la fórmula, colocan una bomba en su laboratorio impregnando a Holland con los productos químicos. Este cae ardiendo en el pantano, dando lugar poco después a un extraño ser al que llamarían la Cosa del pantano. La serie duró tan sólo 24 entregas, finalizando en septiembre de 1976.

*The Saga of the Swamp Thing*, el segundo volumen de la serie iniciado en mayo de 1982, fue el que ayudó a consolidar el personaje. Surgida para aprovechar el estreno de la película de *La Cosa del Pantano*, dirigida por Wes Craven, dedicó sus primeros números a adaptar el largometraje, pero no fue hasta la llegada del guionista británico Alan Moore, en el n.º 20 de la serie, que la colección no alcanzaría la categoría de clásico que aún hoy en día mantiene. Alan Moore desvela que Alec Holland en realidad no se transformó en La Cosa del Pantano, sino que, debido a los compuestos con los que estaba trabajando, la vegetación del pantano tomó la consciencia de Holland y que la apariencia humanoide del ser que surgió era debida al intento de las plantas por duplicar su forma humana.

## Alec Holland también tuvo su oportunidad

El 19 de febrero de 1982 se estrenó en la gran pantalla *La cosa del pantano*, escrita y dirigida por Wes Craven. La película nos muestra al Dr. Alec Holland (Ray Wise) que está trabajando en un proyecto de bioingeniería para crear un híbrido de planta capaz de crecer en ambientes extremos. Como en el cómic, Alec sufre un ataque en su laboratorio, impregnándose en productos químicos y cayendo en el pantano rodeado de fuego y resurgiendo como La Cosa del Pantano (Dick Durock). Dick Durock recuperó al personaje en la secuela del film: *El regreso de la cosa del pantano* (1989). En esta ocasión el film de Jim Wynorski fue un fracaso en toda regla, siendo cruelmente vapuleada por la crítica e ignorada por el público. Aun así, *La Cosa del Pantano* tuvo una tercera oportunidad, esta vez como serie debutando el 27 de julio de 1990. *La Cosa del Pantano* tuvo tres temporadas con Dick Durock, enfundado en el traje de goma del personaje.

## ¿Sabías qué las plantas tienen memoria?

Según un estudio publicado por la revista *Nature Communications*, botánicos del Instituto de Nebraska han descubierto que las plantas tienen memoria. Para llevar a cabo el experimento utilizaron la planta *Arabidopsis thaliana*. Secaron la planta al aire y luego le añadieron humedad. A medida que los investigadores repetían el experimento, observaron cómo las hojas de la planta no perdían humedad. Los botánicos llegaron a la conclusión de que la planta conservaba mejor la humedad a medida que repetían el experimento. Estudiando los genes que se activan durante el ensayo, lograron determinar que dos de ellos, el RD29B y el RAB18, se fortalecían en momentos de estrés, volviendo a su estado inicial cuando recuperaba la humedad.

# EL MOTORISTA FANTASMA (Ghost Rider)

**Primera aparición:** *Marvel Spotlight* n.º 5 (agosto de 1972).
**Nombre real:** En sus diferentes encarnaciones el personaje ha ocupado los cuerpos de Carter Slade, Johnny Blaze, Danny Ketch, Alejandra y Robbie Reyes.
**Aliados:** Los Campeones, Hijos de la Medianoche, Los 4 Fantásticos, Spiderman, Los Nuevos Vengadores, Lobezno.
**Enemigos:** Mephisto, Zarathos.
**Poderes y armamento:** Fuerza sobrehumana, mirada de penitencia, Fuego Infernal.
**Creado por:** Gary Friedrich, Roy Thomas y Mike Ploog.

## Acelera a todo gas

El Motorista Fantasma fue ideado inicialmente como un villano más de los cómics de *Daredevil.* Fue entonces cuando el editor Roy Thomas y el guionista Gary Friedrich idearon un malvado motorista al que le pusieron inicialmente el nombre de Stunt-Master y luego el de Ghost Rider. Al ver los diseños del dibujante Mike Ploog enseguida vieron que el personaje tenía suficiente entidad como para convertirlo en protagonista de su propia cabecera. El personaje se encuadraría dentro de los llamados antihéroes. John Blaze, el primer Motorista, quedó huérfano cuando su padre murió en un accidente en un espectáculo acrobático. Blaze es adoptado por Crash Simpson, un compañero de su padre, que le convierte en la principal estrella del espectáculo. Cuando su padre adoptivo contrae una mortal enfermedad, Blaze vende su alma al diablo a cambio de una cura. Una vez curado, Simpson muere intentando una acrobacia y el demonio aparece para reclamar su deuda. Es entonces cuando la hija de Crash hace su aparición y realiza un conjuro que impide que se apodere del alma de Blaze.

A Mephisto sólo le queda una opción y es trasladar el alma del demonio Zarathos al cuerpo de Blaze. Pero no todo salió según lo previsto ya que Blaze era capaz de sobreponerse a la personalidad del Motorista Fantasma, adoptándola cada vez que sentía el mal a su alrededor. En todos estos años, otros personajes han obtenido los poderes del Motorista Fantasma. Es el caso de Daniel Ketch (1990), la nicaragüense Alejandra (2011) o más recientemente Robbie Reyes que utiliza un coche en lugar de la habitual moto, desatando cierta polémica entre los seguidores del personaje.

## No diga Motorista Fantasma, diga Nicholas Cage

En el Festival de Cine de Cannes del año 2000, Marvel Comics hace público el acuerdo para iniciar el rodaje de un largometraje basado en el personaje. Después de varias reescrituras y cambios en la fecha de estreno, el proyecto cayó en las manos de Nicholas Cage que se confesaba un gran fan del personaje. Finalmente, la película se estrenó el 16 de febrero de 2007 con guión y dirección de Mark Steven Johnson y con Nicholas Cage en el papel de Johnny Blaze. El film, vapuleado por la crítica, fue lo suficientemente bien acogido por el público como para estrenar una secuela cinco años después. En esta ocasión se escogieron a los directores Mark Neveldine y Brian Taylor, mientras que el guión recaía en David S. Goyer, Scott Gimple y Seth Hoffman. Como ocurrió en la primera entrega, la crítica se mostró despiadada con la película aunque tuvo un buen resultado en taquilla. Aunque se rumoreaba la posibilidad de una tercera entrega esta no se llevó a cabo. El 2 de mayo de 2013, el presidente de Marvel Studios anunció que los derechos cinematográficos de *Ghost Rider* habían vuelto a Marvel Entertainment pero el estudio no tenía planes inmediatos para rodar otra película.

## Interminables disputas creativas entre creador y editorial

Gary Friedrich, el creador del Motorista Fantasma reclamó a Marvel su parte de los derechos por los beneficios generados por la película de *Ghost Rider*. El 28 de diciembre de 2011, se dictaminó sentencia a favor de Marvel Entertainment y se le declaró propietaria de la totalidad de los derechos del personaje. A su vez, Marvel demandó a Gary Friedrich a quien le reclamaba el pago de 17.000 dólares por daños y perjuicios, además de impedirle la venta de artículos relacionados con *Ghost Rider* y la prohibición de afirmar en público que él es el creador del personaje. A raíz de esta denuncia el dibujante Neal Adams, con la ayuda del guionista Steve Niles, organizaron una recaudación de fondos para que Friedrich pudiese conservar su vivienda. El 6 de septiembre de 2013, Marvel Comics y Gary Friedrich anunciaron que habían llegado a un acuerdo amistoso con el que se resolvieron todas las reclamaciones. Las condiciones económicas de tal acuerdo no se hicieron públicas.

# DYLAN DOG

**Primera aparición:** *Dylan Dog* n.º 1 (octubre de 1986).
**Nombre real:** Dylan Dog.
**Aliados:** Inspector Bloch, Groucho, Jenkins, Lord HG Wells, Martin Mystère, Morgana.
**Enemigos:** Hamlin, Mana Cerace, Pink Rabbit, Xabaras.
**Poderes y armamento:** Dylan Dog es un humano normal, sin aparentes poderes, más allá de la facilidad de meterse en problemas.
**Creado por:** Tiziano SclaviOrigen.

## Todo un icono del cómic italiano

La cultura popular siempre ha tenido relatos de terror. El ser humano necesita exponer sus miedos y de ahí radica el éxito de novelistas que van desde H.G. Wells a Edgar Allan Poe, pasando por Howard Phillips Lovecraft o Stephen King. Lo mismo ocurre con el cine con las sagas *Viernes 13, Halloween* o *Pesadilla en Elm Street.*

Tiziano Sclavi, el creador de Dylan Dog, bebe de todas esas fuentes cuando crea a su peculiar detective de lo oculto. Los clientes de Dylan suelen acudir a él cuando la policía y los investigadores tradicionales no surten efecto. Sus historias están repletas de sucesos paranormales, seres sobrenaturales, asesinos misteriosos, entes fantasmales, vampiros y hombres lobos. Pero no siempre es lo que parece, tras muchos de estos relatos se encuentra el más peligroso depredador del ser humano: otro ser humano. Otras veces, es el guionista quien deja en manos del lector el analizar el desenlace y que extraiga cada uno sus propias conclusiones.

Dylan Dog había sido miembro del Scotland Yard bajo el mando del Inspector Bloch (con el que todavía guarda una excelente relación) pero lo dejó para dedicarse a la investigación privada. Si el Inspector Bloch es quién aplica la lógica en el mundo de Dylan Dog, Groucho es el asistente que vuelve loco a todo el mundo. Inspirado en Groucho Marx, es la réplica cómica en unas historias que muchas veces son más sórdidas que terroríficas.

El hogar de Dylan Dog está en Londres, en el n.º 7 de Craven Road, ficticio lugar que toma su nombre del cineasta Wes Craven (director y guionista de *Pesadilla en Elm Street*). Allí recibe sus clientes, toca el clarinete o intenta acabar la interminable maqueta de un barco, dos de sus obsesivos hobbies.

Dylan Dog es uno de los cómics más vendidos en Italia, superando los 300.000 ejemplares al mes. Su popularidad es tal, que el escritor italiano Umberto Eco había declarado que dijo: «Soy capaz de leer la Biblia, Homero o Dylan Dog durante días sin aburrirme».

## Debut inevitable y olvidable

Después de varios intentos de llevar a Dylan Dog a la gran pantalla, el 16 de marzo de 2011 se estrenó en Italia *Dylan Dog: Los muertos de la noche*. La película, dirigida por Kevin Munroe y protagonizada por Brandon Routh (*Superman Returns*) como el detective de lo oculto. Como suele ocurrir en estos casos, la versión cinematográfica y la del cómic tienen ciertas diferencias más que evidentes para sus seguidores. Por un lado la eliminación de su asistente Groucho al no permitir su presencia los herederos de los derechos de los Hermanos Marx. Y si bien es lo más destacado, o fueron los únicos retoques respecto a la obra original. La historia transcurre en Nueva Orleans en lugar de Londres e invirtieron los colores del escarabajo Volkswagen de Dylan (originalmente blanco, con capota negra) para evitar problemas con

Disney y su coche Herbie. También se cambió el tono del cómic, abandonando el humor negro de la obra de Sclavi por la acción.

## Guiños creativos

El guionista Tiziano Sclavi suele dar a sus personajes el nombre de Dylan, por el poeta Dylan Thomas (1914-1953), a todos sus personajes antes de darle un nombre definitivo. En este caso, Sclavi mantuvo el nombre de Dylan hasta el definitivo Dylan Dog. Pero no es el único famoso que utilizó al poeta británico como fuente de inspiración. El cantante Robert Zimmerman, un gran admiración de la obra de Thomas, cambió su nombre por el de Bob Dylan. El resto, como suele decirse, es historia.

# 12. LA AMENAZA AMARILLA

## MING EL CRUEL (Ming the Merciless)

**Primera aparición:** 21 de enero de 1934.
**Nombre real:** Ming.
**Aliados:** Un ejército dispuesto a dar la vida por su emperador.
**Enemigos:** Flash Gordon, Dr. Zarkov, príncipe Barin, rey Vultan.
**Poderes y armamento:** Ming es el científico más grande de Mongo, un brillante estratega, además de poseer un ejército de robots.
**Creado por:** Alex Raymond.

## Villanos de manual en los años treinta

Ming aparece por primera vez en la tercera entrega de la serie *Flash Gordon,* concretamente el 21 de enero de 1934. Aunque en aquel momento se le conoce simplemente como el Emperador. No sería hasta la novena plancha que no conoceríamos su nombre: Ming el Cruel. La figura del Emperador Ming de Mongo o Ming el Cruel, está claramente inspirada en Fu Manchú, el genio del mal que creó Sax Rohmer en la novela *The Insidious Dr. Fu Manchu* y que apareció por primera vez en 1913. Como Fu Manchú, Ming es el estereotipo de «chino malvado», tez amarilla, larga túnica de seda de color rojo, pérfida mirada, orejas puntiagudas y bigotes caídos que acaricia continuamente.

Cuando Flash Gordon, su novia Dale Arden y el Dr. Zarkov aterrizan en el planeta Mongo, descubren que el lugar está gobernado con puño de hierro por un cruel dictador que tiene sometido a todos sus habitantes, como si de un señor feudal se tratase. El Emperador Ming dispone de un despiadado ejército, así como una flota de naves espaciales, avanzados dispositivos electrónicos e incluso mortales robots nunca visto antes en el planeta Tierra. Pero el férreo control sobre Mongo no es tan total como podía parecer en un principio. Un planeta en el que conviven distintas razas que han evolucionado de forma diferente, muchas de ellas enfrentadas a su tiránico emperador. Es el caso de los hombres halcones del rey Vultan y su ciudad suspendida. El reino de los bosques Arboria, gobernado por el Príncipe Barin; los hombres dragón, el pueblo de Coralia, que habita bajo las aguas, los hombres leones…

Finalmente Ming es derrocado, la Princesa Aura se casa con el Príncipe Barin y los periodos de paz en planeta se van intercalando con revueltas lideradas por Ming o algunos de sus descendientes.

## Némesis por excelencia, vaya a donde vaya

El Emperador Ming es el villano recurrente en cualquier adaptación de Flash Gordon que se precie, formando parte indispensable de la mitología de la serie. De todas las encarnaciones, es sin duda la que interpretó Max Von Sydow en el largometraje *Flash Gordon* (1980) de Mike Hodges la más conocida. Pero aunque esta sea la interpretación más famosa, el personaje tuvo muchos otros autores enfundados en su traje… o casi.

En el serial cinematográfico de 1936 de Flash Gordon el papel de Ming el Cruel fue interpretado por Charles B. Middleton. Este actor volvió a retomar el papel en sus dos secuelas: *Flash Gordon's Trip to Mars* (1938) y *Flash Gordon Conquers the Universe* (1940). Ming recuperó su malvado protagonismo en la serie de animación de Filmation *Flash Gordon* (1979-1982). El actor Alan Oppenheimer (*He-Man y los Masters del Universo, Scooby-Doo*) fue quien le puso la voz en esta ocasión. Volveremos a ver al Emperador Ming en *Defensores de la tierra* (1986-1987), una serie de animación protagonizada por los más famosos personajes de King Features Syndicate: Flash Gordon, The Phantom, y Mandrake el Mago. Juntos se enfrentan a la amenaza de Ming. En los 65 episodios que duró la serie el personaje estuvo doblado por dos actores: William Callaway y Ron Feinberg. Menos episodios tuvo *Flash Gordon The Animated Series* (1996), en tan sólo 26 entregas conocimos a un adolescente héroe y a un Ming, más reptiliano de los vistos hasta la fecha, doblado por el actor Ray Landry. La poca aceptación de esta libre adaptación condujo a su rápida cancelación.

En el 2007 hubo el último intento de llevar a Flash Gordon al gran público. Y fue otro fracaso. El canal Sci Fi produjo los 21 episodios de la única temporada que se rodó. La serie, basada muy libremente en los personajes creados por Alex Raymond, presentó por primera vez a un Ming de tez blanca, encarnado por el actor canadiense John Ralston. La serie se emitió entre el 10 de agosto de 2007 y el 8 de febrero de 2008, anunciando poco después su no renovación.

# EL MANDARÍN (The Mandarin)

**Primera aparición:** *Tales of Suspense* n.º 50 (febrero de 1964).
**Nombre real:** Desconocido.
**Aliados:** Doctor Muerte, La Mano.
**Enemigos:** Iron Man, Los Vengadores, X-Men, Hulk, Garra Amarilla, Pantera Negra, SHIELD.
**Poderes y armamento:** El Mandarín posee una gran inteligencia y amplios conocimientos tecnológicos y biológicos. Es un artista marcial y un atleta excepcional. Cuando posee los diez anillos sus capacidades mentales y psíquicas aumentan de forma exponencial.
**Creado por:** Stan Lee y Don Heck.

## Diez anillos para gobernarlos a todos

De todos los personajes de cómics inspirados por Fu Manchú, El Mandarín es claramente el que podría considerarse un clon perfecto del villano creado por Sax Rohmer en 1913.

El Mandarín de Marvel Comics se declara descendiente del mismísimo Gengis Khan. Nacido en 1920 y huérfano a una edad temprana, es criado por su rígida tía que lo instruye en artes marciales, en ciencias y una educación casi militar, a la vez que en un odio exacerbado hacia el resto de la humanidad. Tras la muerte de ella, vaga sin rumbo hasta llegar al temido Valle de los Espíritus. Allí descubriría una nave extraterrestre repleta de maquinaria que le ayudaría a convertirse en el amo del mundo. Y además, lo más importante, descubriría los diez anillos que lo convertirían en un ser tan poderoso que ni tan siquiera el ejército chino podría derrotarle.

Cuando el Mandarín roba unos misiles norteamericanos y unos aviones propiedad de Tony Stark es Iron Man quien se convierte en su principal adversario. Desde entonces, muchas han sido las veces que el Mandarín e Iron Man se han enfrentado y otras tantas que ha sido dado por muerto, reapareciendo una y otra vez con sus planes de dominación mundial y su odio hacia Tony Stark y su alter ego Iron Man intacto.

Incluso construyó un satélite para destruir a sus enemigos desde el espacio. Hizo falta la ayuda de Los Vengadores para impedir que cumpliera sus amenazas. El Mandarín ha duplicado varias veces su cuerpo gracias al poder de los diez anillos. Con el tiempo su astucia ha aumentado, evitando el enfrentamiento directo siempre que ha podido y actuando en la sombra en su intento de dominar el mundo.

## Curiosas versiones en la gran pantalla

La primera aparición de El Mandarín en televisión fue en la serie de animación *The Marvel Super Heroes* (1966). En *Iron Man: The Animated Series* (1994) El Mandarín fue el villano principal de la serie, contando con la voz de Ed Gilbert en la primera temporada y Robert Ito en la segunda. En el 2009 se estrenó la serie *Iron Man: Armored Adventures*, como no podía ser de otra manera, el Mandarín fue el villano recurrente, esta vez con la voz de Vincent Tong. En todos los casos, el origen del personaje ha ido cambiando (e incluso el color de su piel).

En la película *Iron Man 3* (2013) el actor que interpretó por primera vez al personaje en una película de acción real fue Ben Kingsley.

Desde la primera entrega de la saga los productores tenían en mente que El Mandarín se enfrentara a Iron Man, pero no fue hasta la tercera película que eso fue posible. La aparición de El Mandarín en *Iron Man 3* no contentó a los incondicionales de los cómics y no sólo por su enésima versión sobre el origen del malvado antagonista. La transformación de un villano asiático en uno inclasificable, aunque con actitudes más propias de los terroristas islámicos, hizo enfadar a los seguidores de los cómics de Marvel. Uno de los motivos de estos cambios podría deberse a la asociación de Disney (propietaria de Marvel) con la productora china DMG Entertainment y a no querer enfadar a su nuevo socio. De todas maneras, *Iron Man 3* se convirtió en la película más taquillera de 2013, teniendo una recaudación mundial de 1.215,4 millones de dólares.

# FU MANCHÚ (Fu Manchu)

**Primera aparición:** Special Marvel Edition n.º 15 (diciembre de 1973).

**Nombre real:** Desconocido.

**Aliados:** Si-Fan, Consejo de las Sombras.

**Enemigos:** Shang-Chi, Iron Man, Los Vengadores, Power Man.

**Poderes y armamento:** Además de su gran longevidad y una inteligencia y fuerza superior a la media, se desconoce si tiene algún súper poder especial.

**Creado por:** Steve Englehart y Jim Starlin, basado en el personaje de las novelas de Sax Rohmer.

## Los claroscuros legales de Fu Manchú

El personaje de Fu Manchú fue creado por el novelista Sax Rohmer e hizo su primera aparición en 1913. Se trata de un villano megalomaníaco cuya obsesión es acabar con los occidentales al mismo tiempo que busca apoderarse del mundo a través de elaborados planes. Este personaje se ha convertido en un estereotipo asociado con el llamado «peligro amarillo» y ha inspirado a multitud de villanos posteriores con los que ha compartido rasgos y objetivos. Y al igual que el profesor Moriarty tenía a Sherlock Holmes y Drácula a van Helsing, Fu Manchú tiene al investigador Sir Denis Nayland Smith y el doctor Petrie como némesis.

Si bien el personaje debuta en las tiras diarias de los periódicos en 1931, su verdadera popularidad en el medio no le llegaría hasta que Marvel Comics adquiere los derechos del personaje. Lo hace en plena fiebre de las artes marciales y lo inserta dentro del universo de sus cómics con las mismas ansias de dominar el mundo y con Nayland Smith y el doctor Petrie tras sus pasos. La novedad radica en el personaje de Shang-Chi, quien sería su hijo rebelde en busca de la destrucción de su padre. Todos ellos debutarían en 1973 en el *Special Marvel Edition* n.º 15, dando lugar después a la serie *Shang-Chi, Master of Kung Fu*. Desde entonces, todos ellos ocuparían un lugar destacado en los cómics de la editorial norteamericana siendo habitual su aparición en otras series de la casa. Marvel Comics canceló la serie en su número 125 (1982), aunque eso no significó el fin de Shang-Chi pero si el de Fu Manchú que moriría en el 118 de la colección.

Con el tiempo Marvel perdería los derechos de los personajes de Sax Rohmer, aunque a la práctica eso no impidió la resurrección de Fu Manchú. Eso sí, ese nombre no se volvió a mencionar (incluido en las reediciones) y se le ha seguido viendo bajo otros alias adoptando principalmente el de Zheng Zu.

## Villano clásico y perenne

El primer actor en encarnar al personaje de Fu Manchú en la gran pantalla fue Harry Agar Lyons en 1923. Fue en la película británica muda *The Mystery of Dr. Fu Manchu* y en su secuela *The Further Mysteries of Dr. Fu Manchu* (1924). Fu Manchú se presentó por primera vez en versión sonora en *The Mysterious Dr. Fu Manchu* (1929) protagonizada por Warner Oland. El actor, muy popular por su interpretación de Charlie Chan, repitió el papel en *The Return of Dr. Fu Manchu* (1930) y en *Daughter of the Dragon* (1931). También Boris Karloff ha interpretado al malvado Fu Manchú en la polémica película *La máscara de Fu Manchú* (1932). El personaje resurgió en 1940 en un serial cinematográfico de Republic Pictures. *Drums of Fu Manchu* constaba de 15 capítulos que tres años más tarde fueron editados y estrenados como un largometraje.

Después de un tiempo sin aparecer en ningún largometraje, el genio del mal volvió a la gran pantalla en la serie de películas protagonizadas por Christopher Lee: *El regreso de Fu Manchú* (1965), *Las novias de Fu Manchú* (1966), *La venganza de Fu Manchú* (1967), *Fu Manchú y el beso de la muerte* (1968) y *El castillo de Fu Manchú* (1969). Por supuesto, ninguna de estas versiones tiene relación con el personaje visto en las historias de Marvel Comics.

La última aparición remarcable del personaje fue en *El diabólico plan del Dr. Fu Manchú* (1980), una película con un claro tono paródico, protagonizada por Peter Sellers en su último papel poco antes de fallecer. Desde entonces, varios han sido los intentos de llevar al personaje de Sax Rohmer a la gran pantalla. Incluso el director Alex de la Iglesia quien, tras varios años dedicados al proyecto, finalmente decidió abandonarlo ante la falta de presupuesto.

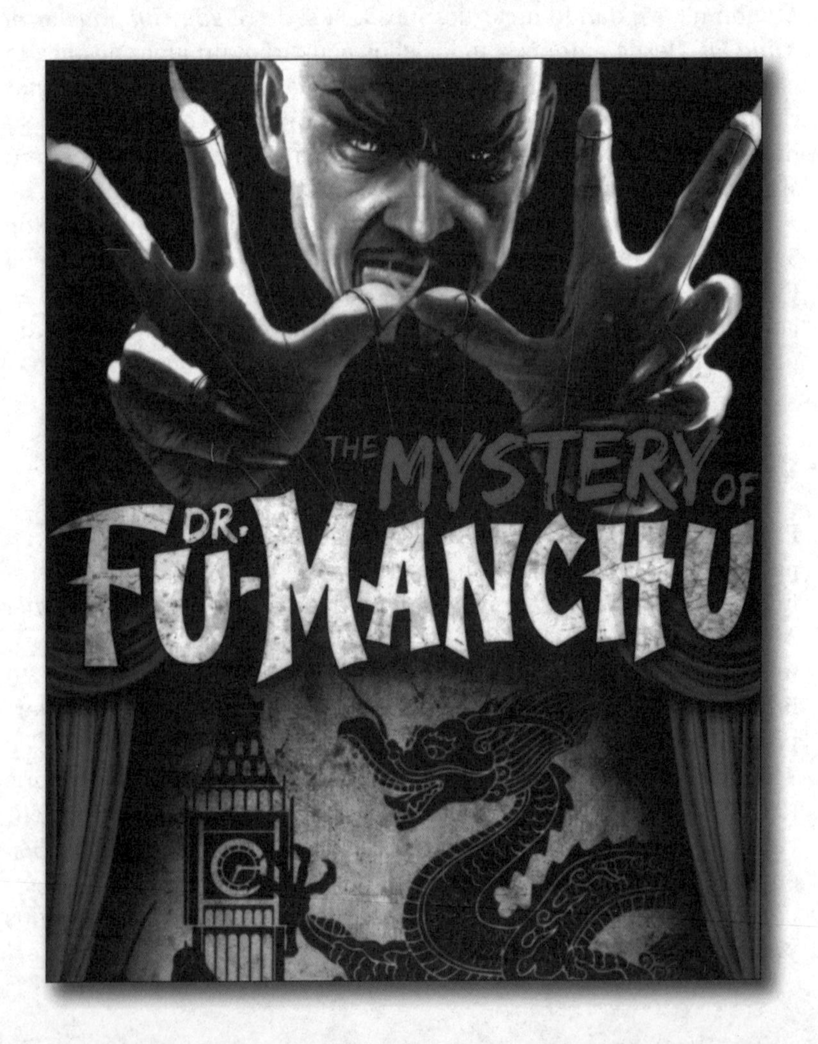

# 13. TODO HÉROE NECESITA UN VILLANO

## LEX LUTHOR

**Primera aparición:** *Action Comics* n.º 23 (abril de 1940).
**Nombre real:** Alexander Joseph «Lex» Luthor.
**Aliados:** Sociedad Secreta de Super-Villanos, Joker, Deathstroke, Brainiac, Darkseid.
**Enemigos:** Superman, Liga de la Justicia, Acero, Alex Luthor, Batman, Libra, Perry White.
**Poderes y armamento:** Intelecto de nivel genio, multimillonario, armadura de combate.
**Creado por:** Jerry Siegel y Joe Shuster.

## El peor villano para el mejor héroe

A todo gran héroe se le mide por la importancia de sus villanos, y en el caso de **Superman** es inevitable no hacer referencia a **Lex Luthor**, un personaje que ha trascendido a la cultura popular con voz propia. A pesar de que su personalidad (y cabellera) ha cambiado significativamente a lo largo de los setenta años de historias que tiene a sus espaladas, la imagen de genio científico y millonario obsesionado con Superman es la que ha permanecido perenne en el colectivo de los aficionados. Este magnate dueño del conglomerado empresarial **LexCorp** está convencido de que la raza humana no necesita la ayuda de Superman para sobrevivir y que si el kryptoniano no estuviera en la Tierra él sería el ser más poderoso e importante del planeta, algo que se ha encargado de repetir cada vez que ha hecho falta su intelecto o sus recursos para ayudar a salvar al planeta de la amenaza de turno. Luthor ha llegado ser presidente de los Estados Unidos de América, siendo este un método más para conseguir su meta de destruir para siempre a Superman. Curiosamente, y como el propio Lex desconoce, él y Superman fueron amigos durante sus infancias en *Smallville*, antes de que el destino les llevara por distintos senderos en la vida.

## Empresario malvado sin un pelo de tonto

El nivel de popularidad y de importancia de Lex Luthor dentro de la mitología de Superman es tan grande que no se contempla una adaptación a otros medios donde Lex no se deje ver. Treinta años de adaptaciones en cine y televisión han hecho que sean varios los actores que interpreten a Luthor, más o menos alejados de la versión de las viñetas. Desde **Gene Hackman** en *Superman: The Movie, Superman II* o *Superman IV* y hasta el fichaje de **Jesse Eisenberg** para interpretar al villano en la secuela del *Man of Steel* de **Zack Snyder**, en ese papel han desfilado figuras como **Kevin Spacey** en *Superman Returns*, **John Shea** en *Lois & Clark: Las Aventuras de Superman* o **Michael Rosenbaum** en siete de las temporadas de la longeva *Smallville*, siendo el primer Lex Luthor calvo en la pantalla, seña de identidad de la cual parece difícil pensar que vaya a separarse el personaje a corto plazo.

## Un genio dedicado al mal

El intelecto de Lex Luthor, al igual que su ambición y su obsesión, no conoce límites y domina todos los campos de la ciencia y la física: robótica, bioquímica, comunicaciones, mutaciones, holografía, generación de energía, análisis espectral, viaje espacial, teletransportación... Todo este conocimiento lo ha puesto al servicio de su campaña contra El Hombre de Acero creando villanos (Kryptonite Man, Metallo, Bizarro e incluso, indirectamente, Parasito) o un traje de batalla con el que combatir cuerpo a cuerpo con Superman. Entre otras armas, durante mucho tiempo Lex Luthor portó un anillo fabricado con kryptonita verde para evitar que Superman se pudiera acercar a él. La exposición prolongada a este anillo le pasó factura ya que Lex perdió su mano derecha a causa del envenenamiento por radiación. El cáncer que le produjo estaba avanzado así que a este genio no se le ocurrió otra cosa que fingir su propia muerte, clonar su cuerpo a partir de células sanas (aprovechando para quitarse unos años del carnet) y cambiar el cerebro de su cuerpo enfermo al del cuerpo sano. Quedan años para que la ciencia real pueda permitir el trasplante de cerebros, pero si hubiera que pedir consejo a alguien, Lex Luthor sería la mejor opción.

# DOCTOR MUERTE
## (Doctor Doom)

**Primera aparición:** *Fantastic Four* n.º 5 (julio de 1962).
**Nombre real:** Victor Von Doom.
**Aliados:** El Doctor Muerte no tiene aliados.
**Enemigos:** Reed Richards, Los Cuatro Fantásticos, Los Vengadores, Namor, Estela Plateada.
**Poderes y armamento:** Cerebro privilegiado para la ciencia y las artes místicas.
**Creado por:** Stan Lee y Jack Kirby.

### Mal encarnado

**El Doctor Muerte** es el villano por excelencia de **Los Cuatro Fantásticos** en particular y del **Universo Marvel** en general, con un ansia de poder sin parangón que le convierte en algo más que un científico obsesionado con poder. Crecido en el seno de una familia gitana de **Latveria** donde coqueteó con las fuerzas místicas, pronto su gran intelecto le hizo aspirante a un doctorado al servicio del ejército americano, cruzando su camino por primera vez con el de **Reed Richards**. Pese al acercamiento amistoso de este último, la envidia de Doom y la necesidad continua de demostrar que su intelecto era superior fue su perdición y, a causa de un error de cálculo, sufrió un accidente de laboratorio que destrozó su cara para siempre. Tras una breve estancia en el **Tíbet**, donde se construyó su armadura y su máscara, regresó a **Latveria** bajo la identidad del Doctor Muerte, se coronó rey del país y definió el único propósito de su vida: destruir a Reed Richards y a los Cuatro Fantásticos.

## El buen doctor se deja ver en la gran pantalla

Los productores siempre han contado con una gran ventaja a la hora de trasladar la figura del Doctor Muerte a los distintos medios audiovisuales. Gracias a la naturaleza de las heridas de la cara de Victor, en las distintas adaptaciones de televisión o incluso en la película nunca proyectada de *Los Cuatro Fantásticos* de **Roger Corman** (1994), era posible contratar a un actor semidesconocido o a un doble para portar la máscara, eligiendo tan solo un actor con una voz acorde al personaje. Esta tendencia cambió con las dos películas de la familia fantástica dirigidas por **Tim Story**, quien confió en **Julian McMahon**, antiguo modelo y actor conocido por su papel en la serie de televisión *Nip/Tuck*. El resultado no fue muy satisfactorio aunque podría haber sido peor. No en vano, la rumorología ha llegado a insinuar que **El Doctor Muerte** de la nueva película fantástica podría ser en realidad una mujer...

## ¿Un enjambre por Bluetooth?

La importancia de este villano está fuera de toda duda, convirtiéndose en el gran villano a batir en las grandes sagas de la editorial (desde **Secret Wars** hasta la primera aparición de **Estela Plateada**) y cualquier reinvención del cuarteto fantástico fuera de los cómics (ya sean videojuegos, series de animación, series de televisión, películas, etc.). Esto mismo ocurre con la versión del Doctor Muerte del subsello editorial Ultimate, la reimaginación del Universo Marvel que ofrece las historias tradicionales desde la perspectiva del siglo XXI. Sin embargo, al asistir a la presentación del joven **Victor**, es imposible no observar un flagrante gazapo tecnológico. Con el propósito de exterminar a los Cuatro Fantásticos, Muerte envía un enjambre de insectos robóticos controlados remotamente desde Latveria mediante una conexión... ¡**Bluetooth**! Hasta el más inexperto en la materia reconocerá la imposibilidad de esta proeza tecnológica, ya que Bluetooth es una red de corto alcance que emplea la banda libre ISM («Industrial, Scientific and Medical») de los 2,4 GHz para la transmisión de voz y datos, generalmente entre dispositivos móviles. Aunque la potencia de transmisión es configurable y puede rondar los 100 mW, el radio máximo de alcance no supera los treinta metros así que debería ser imposible poder controlarlos remotamente desde Latveria. El empleo de otros sistemas de comunicación de la misma banda, ya sean **Wi-Fi o Zigbee**, no resolvería este problema, a no ser que se establezca una red de nodos en forma de router equiespaciados a la distancia máxima de comunicación. Otra alternativa a este planteamiento de ataque remoto podría ser empleando un sistema de comunicación de menor frecuencia (por ejemplo: radio), ya que la distancia es inversamente proporcional a la frecuencia. Sin embargo, no existe ninguna alternativa sin repetidores ni satélites para controlar este enjambre asesino desde el otro lado del océano Atlántico.

# MAGNETO

**Primera aparición:** *The X-Men* n.º 1 (septiembre de 1963).
**Nombre real:** Erik Lennsherr.
**Aliados:** Hermandad de Mutantes Diabólicos, Acólitos, Fabian Cortez, Mística, Charles Xavier.
**Enemigos:** Onslaught, Apocalipsis, La Patrulla-X, Los Vengadores, Mr. Sinestro.
**Poderes y armamento:** Control del electromagnetismo.
**Creado por:** Stan Lee y Jack Kirby.

## Un villano atractivo. Y atrayente

Existen cuatro fuerzas fundamentales en la naturaleza: **gravitatoria, nuclear fuerte, nuclear débil**... y **electromagnetismo**. Quien las domine, dominará la naturaleza y, gracias a ello, el mundo. Con ese objetivo, **Magneto**, el auto-bautizado Amo del Magnetismo, destaca como el máximo representante de la última de estas fuerzas físicas. Nacido en Alemania, **Erik Lennsherr** creció en el holocausto judío de la Segunda Guerra Mundial en un **Auschwitz** que bien podría estar ambientado en *La Lista de Schindler* o *El Pianista* y el cual marcaría para siempre su vida, situándole en el polo opuesto del espectro ideológico que defienden **Charles Xavier** y **Patrulla-X**. Con la aparición de sus poderes magnéticos y consciente de ser uno de los primeros Homo Superior de la historia, Magneto pregonaría el discurso racial del que había sido víctima durante su infancia y se erigiría como el mayor representante de la supremacía absoluta de los mutantes. Su condición de líder ha hecho que Magneto haya estado al frente de numerosos grupos de incondicionales seguidores y/o fanáticos. Inicialmente, Magneto fundó la **Hermandad de Mutantes Diabólicos**, formada por sus propios hijos **Mercurio** y La **Bruja Escarlata** además del **Sapo** y **Mente Maestra**. Tras un lavado de cerebro y una catarsis emocional al presenciar la (supuesta) muerte de su amigo Charles Xavier, Magneto le promete encauzar su vida y hacerse cargo de la educación de los **Nuevos Mutantes**. Traicionado y manipulado, Magneto volvería a la senda del mal y se rodearía de los fieles Acólitos en el satélite orbital **Avalón**. Un clon, un impostor, pérdida y recuperación de poderes mutantes y varios años después, Magneto regresaría por todo lo alto a La Patrulla-X, donde permanece desde entonces como uno de sus miembros más valiosos. Al menos, hasta su próxima e inminente regreso al lado oscuro...

## Erik Lennsherr, el candidato perfecto

En cualquier caso y al igual que un imán, la bipolaridad emocional de Magneto ha alterado su postura a ambos lados de las fuerzas del bien y del mal, moviéndose en muchos momentos sobre los claroscuros de la razón y el progreso. A unos primeros años de diálogo y colaboración, como queda demostrado en la adaptación *cinematográfica X-Men: Primera Clase* con **Michael Fassbender** en el papel de **Erik Lennsherr**, les sucedieron otros tantos años en los que en su cruzada por la supervivencia de los mutantes no había espacio para contemplaciones ni respecto su antiguo amigo Charles Xavier, como queda patente en las adaptaciones en las que el personaje es interpretado a la perfección por el actor británico **Ian McKellen**.

## El rey del magnetismo

Los poderes magnéticos de Magneto le permiten una amplia gama de capacidades, desde elevarse en el aire y volar hasta alterar el campo magnético terrestre intercambiando sus polos magnéticos de posición, pasando por manipular el hierro de la sangre, mover pequeños y grandes objetos metálicos o erigir impenetrables campos electromagnéticos. Estas habilidades le convierten en uno de los mutantes más poderosos y peligrosos de **Marvel Comics**. Entre sus actos más destacados sobresale el haber sido capaz de extraer el **adamantium** de los huesos de **Lobezno** a través de su piel, dejando al mutante canadiense al borde de la muerte y obligando a su factor de curación a hacer horas extras.

# DUENDE VERDE
## (Green Goblin)

**Primera aparición:** *The Amazing Spider-Man* n.º 14 (julio de 1964).
**Nombre real:** Norma Osborn.
**Aliados:** Vengadores Oscuros, HAMMER, Thunderbolts, Los Doce Siniestros.
**Enemigos:** Spiderman, El Duende, Doctor Octopus, Los Vengadores, Iron Man, Luke Cage.
**Poderes y armamento:** Factor de curación, habilidades aumentadas, aerodeslizador.
**Creado por:** Stan Lee y Steve Ditko.

### El peor de los villanos arácnidos

El **Duende Verde** es uno de los villanos más importantes de **Marvel Comic** y aunque bajo su máscara han desfilado más de cinco identidades distintas, la más reconocible de todas ellas es la original, la del científico y dueño del imperio empresarial Industrias Oscorp, **Norman Osborn**. Intentando emular la fórmula del supersoldado que creó al **Capitán América**, Osborn quedó expuesto en un accidente de laboratorio que le concedió habilidad y agilidades superhumanas, a costa de una pérdida progresiva de la cordura y un aumento de sus inclinaciones ilegales, llegando a obsesionarse con Spiderman, con quien intentaría acabar a toda costa. Ni siquiera el hecho de descubrir que Spiderman era en realidad el mejor amigo de su hijo, **Harry Osborn** (quien más adelante tomaría el legado del Duende Verde) le impidió intentar acabar con él y con sus allegados. Tras asesinar (entre otras cosas) a la por entonces novia de **Peter Parker**, **Gwen Stacy**, Norman Osborn murió asesinado por su propio aerodeslizador en combate con Spiderman, en una de las viñetas que más se recuerdan de la historia de la editorial. Con el paso del tiempo y la necesidad de una gran némesis para Spiderman los guionistas trajeron de vuelta a Norman Osborn, quien con su carácter manipulador consiguió incluso derrocar a **S.H.I.E.L.D.** y los **Vengadores**, poniéndose al frente de ambos grupos bajo la identidad de **Iron Patriot**.

## La persecución de una némesis

A lo largo de las distintas series de animación que ha protagonizado Spiderman a lo largo de su historia el Duende Verde siempre ha sido un villano recurrente pero existían dudas de quién sería el villano elegido para la entrega del trepamuros en la gran pantalla. Finalmente, **Sam Raimi** optó por el Duende Verde por delante de El Doctor Octopus y seleccionó a **Willem Dafoe**, quien interpretó el papel de **Norman Osborn** durante la primera película (y cameos siguientes). A pesar de la polémica existente alrededor de la armadura vestida por el Duende dejando de lado el traje dc los cómics, el resultado final fue satisfactorio, máxime si se compara con el segundo Duende Verde aparecido en *Spiderman 3*, con un **James Franco** interpretando a **Harry Osborn** disfrazado de G.I. Joe.

## Tecnología nanométrica para el Duende Verde

El aerodeslizador del Duende Verde (bautizado como «Duende-Deslizador») es uno de los vehículos más icónicos de Marvel Comics. Aunque su creación a manos de Stan Lee y Steve Ditko se produjera en los años sesenta, la industria militar había empezado ya a desarrollar los primeros prototipos tanto de aerodeslizadores como de UAV (vehículos aéreos no tripulados). Además de los motores, el armamento incorporado o la aerodinámica, aspectos que no esconden secretos, en el diseño de un aerodeslizador es imprescindible incorporar sensores MEMS como los acelerómetros, inclinómetros, girómetros... Estos dispositivos, basados en la tecnología nanométrica *Microelectromechanical Systems* y que emplean conceptos de elementos finitos, auscultan de forma continua el estado inercial y relativo del UAV. De esta forma, cuando el aerodeslizador sufra un golpe de viento que le incline hacia un lado, los girómetros detectarán ese giro imprevisto y le indicarán al microcontrolador de a bordo que proceda a comunicar a los motores cómo deben reaccionar. Los procesos de fabricación de silicio y polímeros (base en la gran mayoría de los MEMS) han mejorado mucho con el paso de las décadas, por lo que actualmente es posible obtener sensores MEMS comerciales a muy bajo coste y con un alto nivel de integración.

# 14. MUERTE Y RESURRECCIÓN DEL SUPERHÉROE

## MIRACLEMAN

**Primera aparición:** *Marvelman* n.º 25 (febrero de 1954).
**Nombre real:** Michael Moran.
**Aliados:** Miraclewoman, Evelyn Cream, Big Ben, Young Miracleman.
**Enemigos:** Kid Miracleman, Dr. Gargunza, Young Nastyman, Dennis Archer.
**Poderes y armamento:** Superpoderes basados en la energía atómica.
**Creado por:** Mick Anglo.

### Esperando a Mr. Moore

A mediados de los años cincuenta, **DC Comics** denunció a **Fawcett Comics** porque consideraban que el personaje **Capitán Marvel** (más conocido en la actualidad como **Shazam**) era un plagio descarado del popular **Superman**. Ambas editoriales acabaron llegando a un acuerdo y Fawcett se encontró que necesitaba un nuevo personaje con el que sustituir al alter ego de **Billy Batson**. El autor **Mick Anglo** les ofreció **Marvelman**, un personaje muy similar al Capitán Marvel (incluso en el nombre) y con muchas similitudes en su historia, aunque con un origen científico en vez de mágico. Un joven reportero llamado **Micky Moran** se encuentra con un astrofísico que le proporciona superpoderes a cambio de que pronuncie una palabra: «Kimota» (que fonéticamente hacia atrás en inglés es «Atómico»). Acompañado de **Young Marvelman** y **Kid Marvelman**, las aventuras de Micky Moran sustituyeron a las de Billy Batson durante más de diez años con relativo éxito comercial antes de desaparecer en el anonimato. Sin embargo, veinte años después, **Alan Moore** quiso revivir una de las lecturas de su infancia y en pocos números convirtió al personaje y a la serie, ahora conocida como **Miracleman**, en un producto de culto (y adulto, con escenas muy subidas de tono no aptas para menores impresionables) y de calidad extraordinaria. Por problemas de derechos, esta obra ha estado más de dos décadas sin verse reeditada hasta que actualmente Marvel Comics ha recuperado los derechos del personaje, para alegría de toda una generación de lectores que no han podido leer una obra que está considerada como «el equivalente Marvel de Watchmen».

## Otras obras de Alan Moore

Existe un consenso general en que Alan Moore es uno de los mejores y más importantes guionistas de la historia del cómic, sino el que más. El muy particular guionista británico se hizo un hueco en revistas populares de su país (*2000AD* o *Warrior*) antes de dar el salto al mercado del cómic norteamericano despuntando inmediatamente en **DC Comics**, donde además de las obras mencionadas en estas páginas también realizó una excelente etapa al frente *de La Cosa del Pantano* (donde creó a **John Constantine**) o escribiendo historias esenciales como *Batman: La Broma Asesina* o *¿Qué fue del Hombre del Mañana?*, antes de encandilar al mundo con obras tan personales y reconocidas como *V de Vendetta* (junto a **David Lloyd**), *From Hell* (junto a **Eddie Campbell**), *La Balada de Halo Jones* (con **Ian Gibson**), *Capitán Britania* (con **Alan Davis**, siendo esta su única incursión en Marvel Comics hasta la fecha), *Promethea* (acompañado de un espectacular **J. H. Williams III**), *Top 10* (junto a **Gene Ha**) o *Lost Girls* (dibujada por su mujer, **Melinda Gebbie**). Todo un maestro.

## Uranio, un nombre radioactivo

El conjunto de poderes de Marvelman incluye superfuerza, velocidad, vuelo, invulnerabilidad, manipulación de energía e incluso telepatía. Todo un todoterreno que no dudará en emplear hasta la última de sus fuerzas en pleno combate sean cuales sean las consecuencias. La base de los poderes de Miracleman es nuclear o atómica (un aspecto que Alan Moore exploraría más tarde en una de sus creaciones: el Doctor Manhattan). La energía nuclear es la que se obtiene al aprovechar las reacciones nucleares, ya sean espontaneas o provocadas de forma controlada, aprovechándose la energía eléctrica, mecánica o térmica resultante de las partículas subatómicas en movimiento. Estas reacciones son exclusivas o más fuertes en determinados isótopos de algunos elementos químicos, siendo el más conocido de este tipo de energía la fisión del Uranio-235, con el que funcionan la mayoría de los reactores nucleares, además de otros elementos como el Torio, Plutonio, Estroncio o Polonio. Sin lugar a dudas, se trata del proceso físico que una mayor cantidad de energía por unidad de masa produce y ello explica el poder casi ilimitado del que dispone Miracleman.

# WATCHMEN

**Primera aparición:** *Watchmen* n.º 1 (septiembre de 1986).
**Nombre real:** Watchmen.
**Aliados:** Rorschach, Comediante, Doctor Manhattan, Búho Nocturno, Espectro de Seda.
**Enemigos:** Ozymandias.
**Poderes y armamento:** Poderes nucleares, inteligencia sobrehumana, habilidades de combate cuerpo a cuerpo.
**Creado por:** Alan Moore y Dave Gibbons.

## El mejor cómic de la historia

Con una gran unanimidad, *Watchmen* está considerado como el mejor cómic de la historia. Publicada por DC Comics, **Alan Moore** y **Dave Gibbons** plantearon una historia original en fondo y forma en la criticaban el concepto de superhéroe, desgastado tras tantos años de aventuras infantiles y con un suspense de la credibilidad continuo, alejados siempre de la realidad política contemporánea de turno. En *Watchmen*, en los albores de una guerra nuclear inminente, los superhéroes ayudan a los Estados Unidos a ganar la Guerra de Vietnam antes de ser declarados ilegales por el gobierno («*¿Quién vigila a los vigilantes?*»), obligando a muchos de ellos a pasar desapercibidos o a colaborar con las fuerzas gubernamentales, hasta que el asesinato de un superhéroe desata la investigación de un complot nuclear, donde la mano negra del empresario corporativo auto-bautizado como Ozymandias (niño prodigio que tiene un control del 100% de su cerebro) puede llevar al mundo a su destrucción.

## Zack Snyder homenajea a Alan Moore

Con la fiebre de superproducciones cinematográficas de cómics, era cuestión de tiempo que *Watchmen* aterrizara en la gran pantalla, a pesar del recelo del bardo de Northampton. En 2009, **Zack Snyder** (especialista en adaptar otras obras como *300* o posteriormente *Man of Steel*) fue el encargado de trasladar fielmente al cine la obra de Moore, con un reparto encabezado por **Malin Àkerman** (Espectro de Seda), **Billy Crudup** (Doctor Manhattan), **Matthew Goode** (Adrian Veidt), **Jackie Earle Haley** (Rorschach), **Jeffrey Dean Morgan** (El Comediante) y **Patrick Wilson** (Búho Nocturno).

## Los poderes del Doctor Manhattan

La existencia del **Doctor Manhattan** (el único personaje con verdaderos poderes) le da al país presidido por Richard Nixon una ventaja sobre su rival soviético. A la hora de escribir al Dr. Manhattan, Alan Moore se preocupó por explorar los orígenes y la naturaleza científica del personaje, basado en la física cuántica y la física nuclear, siendo esta última una de las fuerzas fundamentales de la naturaleza. La mecánica cuántica es una rama de la física que se centra en los fenómenos a escalas microscopias (el átomo, su núcleo y las partículas elementales) y la base sobre la que se construyen los transistores, elemento básico de la electrónica. Capaz de manipular la energía de la materia a nivel subatómico (incluyendo el poder reconstruir su propio cuerpo), los poderes nucleares del personaje le sitúan en una perspectiva temporal lineal independiente de la que viven los humanos, haciendo que las afecciones humanas no signifiquen nada para él. Además, entre los poderes del Dr. Manhattan también destacan la superfuerza, telequinesis, teletransportación, cambio de tamaño, posibilidad de duplicar su cuerpo a voluntad y una «visión especial» que le permite ver sucesos en líneas temporales pasadas, presentes y futuras simultáneamente.

# ASTRO CITY

**Primera aparición:** *Astro City* n.º 1 (agosto de 1995).
**Nombre real:** Astro City, originalmente denominada Romeyn Falls.
**Aliados:** Samaritano, La Guardia de Honor, Cleopatra, Agente de Plata, Jack «Caja de Sorpresas».
**Enemigos:** El Conquistador, Bridwell, The Deacon, Enelsians, Junkman, Infidel.
**Poderes y armamento:** Amplia gama de héroes y villanos con superpoderes.
**Creado por:** Kurt Busiek, Alex Ross y Brent Anderson.

## La nostalgia es poderosa

Mientras muchas obras, influenciadas por el *Watchmen* de **Alan Moore** o *El Regreso del Caballero Oscuro* de **Frank Miller**, deconstruían y criticaban el noveno arte desde dentro, el guionista **Kurt**

**Busiek** decidió a apelar a la nostalgia de sus lectores y evocarles tiempos pretéritos, de la Edad de Oro y Edad de Plata del cómic, con *Astro City*. Junto con **Alex Ross** y **Brent Anderson**, Busiek construyó desde sus cimientos una ciudad, una mitología y una comunidad superheróica en la que se narrarían las vidas a pie de calle de todos los ciudadanos de **Astro City** y de sus quehaceres diarios, rodeados por las luces y los ruidos incesantes de los ajenos pero cercanos combates entre las fuerzas del bien y del mal. Una perspectiva realista del mundo de los superhéroes con un regusto clásico. El superhéroe más conocido de Astro City es Samaritano, una analogía de Superman, aunque la comunidad superheroica está formada por otros personajes como El Confesor y su fiel Monaguillo, Cleopatra, El Agente de Plata, MPH, Belleza, El Americano Total (y el Bateador), El Ahorcado o La Primera Familia.

## Otras ciudades famosas en los cómics

Al contrario que en el Universo Marvel, donde **Stan Lee** decidió con acierto situar sus aventuras en el mundo real para conectar con los aficionados (aunque más tarde aparecerían países y ciudades como Latveria, Genosha, Wakanda o Madripur), son muchas las ciudades ficticias surgidas de las viñetas. Desde las archiconocidas **Gotham City** y **Metrópolis** donde Batman y Superman basan sus aventuras desde hace más de 75 años hasta la oscura y lluviosa **Sin City** de Frank Miller, pasando por **Riverdale** (donde tienen lugar los líos de **Archie, Betty** y **Veronica**) o **Iest** (donde la creación de **Dave Sim**, **Cerebus**, intenta llegar a ser primer ministro), sin olvidarnos de otros enclaves como **Neo-Tokyo** (*Akira*), **Sunnydale** (*Buffy Cazavampiros*) **Villa Fábula** (*Fábulas*), **Mega-City One** (*Juez Dredd*), **Neopolis** (*Top 10*), **Opal City** (*Starman*), **The City** (*Transmetropolitan*) o incluso la mencionada pero nunca mostrada **Boneville** (*Bone*).

## Las botas saltarinas de Caja de Sorpresas

Aunque la gran mayoría de los personajes de Astro City son evocadores de personajes de Marvel o DC, la imaginación desbordante de Kurt Busiek tiene margen para la creación de nuevos héroes con sus propios poderes y códigos, como en el caso de Jack «Caja de Sorpresas». Con un fuerte sentido de la justicia basado en su historia familiar y más cerca del concepto de vigilante que del de superhéroe,

Zachary Johnson decidió continuar el legado de su padre Jack y asumir el manto de Caja de Sorpresas, acompañando a su excelente estado de forma y su disfraz de arlequín con un arsenal de sorpresas y trucos que le sirven en sus combates y patrullas, incluyendo sus botas saltarinas que le permiten dar grandes saltos. Al contrario de lo que pueda parecer, la física sí que permite hasta cierto punto el desarrollo de este «particular calzado» con un funcionamiento eficiente y con ningún elemento activo, al igual que el que puedan presentar un trampolín o un airbag: una combinación de resortes y amortiguadores. Los muelles son operadores elásticos pasivos capaces de almacenar energía y desprenderse de ella sin sufrir ninguna deformación cuando la tensión aplicada desaparece. La fuerza aplicada (por ejemplo en una caída) vuelve en forma de energía (por ejemplo a la hora de coger impulso), siguiendo siempre la conocida como Ley de Hooke, que relaciona la fuerza sobre el muelle con la elongación posterior experimentada por el resorte y con la constante elástica del mismo (un valor constante propio de cada material dependiente de la sección del muelle, su altura y el módulo de elasticidad).

# TOM STRONG

**Primera aparición:** *Tom Strong* n.º 1 (junio de 1999).
**Nombre real:** Tomas Strong.
**Aliados:** Dhalua Strong, Tesla Strong, Pneuman, King Solomon.
**Enemigos:** Paul Saveen, Albrecht Strong, Ingrid Weiss, The Pangaean
**Poderes y armamento:** Fuerza y reflejos sobrehumanos, crecimiento ralentizado, increíble intelecto.
**Creado por:** Alan Moore y Chris Sprouse.

## Los experimentos de Alan Moore

Como resultado de un crecimiento en una cámara de alta-gravedad y de ser educado única y exclusivamente por sus padres científicos (y un tanto peculiares) en una isla de la India y en aislamiento, **Tom Strong** es una persona física e intelectualmente casi perfecta que le ha permitido envejecer apenas cuarenta años durante el siglo XX, siendo este un recurso narrativo perfecto del que Alan Moore se sirve para recorrer varias épocas del cómic y transitar por distintos géneros siempre con su maestría habitual. Este aventurero moderno («un héroe de la ciencia»), está acompañado de su mujer **Dhalua** y de su hija **Tesla** (un guiño a Nikola Tesla, el ingeniero impulsor del campo electromagnético e inventor del motor de corriente alterna), de un robot conocido como **Pneuman** y de **King Solomon**, un gorila inteligente, Tom protagoniza varias aventuras con un sello *pulp* y con muchos conceptos científicos a su alrededor con una voluntad pedagógica , tocando temáticas tan clásicas de los comics como las líneas temporales y los universos alternativos, hasta el punto de que Tom Strong se encuentra en no pocas ocasiones con otras versiones alternativas o pasadas de él mismo.

## Las influencias en Tom Strong

Alan Moore, siempre propenso a revisitar conceptos clásicos y fundacionales del cómic, decidió homenajear a su manera a **Doc Savage, The Phantom** y (una vez más) a **Superman**, a la hora de crear a Tom Strong. Son similitudes premeditadas que no ocultan las intenciones de Moore, enamorado de la generación de personajes de la época pulp de la historia del cómic. El término pulp es alusivo al tipo de papel de baja calidad sobre el que se imprimían algunas historias de principios del siglo XX con contenido orientado a lectores adultos (*Amazing Stories, Black Mask, Horror Stories, Marvel Tales*) y que fueron precursoras del género de superhéroes más puro, donde debutaron personajes como The Shadow, Doc Savage, The Spider, Tarzan, o John Carter de Marte, claros precursores de los superhéroes popularizados con posterioridad por editoriales como Marvel o DC. Tom Strong no deja de ser una amalgama de todas las características más arquetípicas de estos héroes: valiente, honesto, audaz y aventurero. Todo un homenaje nostálgico y familiar por parte de Alan Moore.

## Los efectos de la gravedad

Al igual que en el caso de Tom Strong (o de extraterrestres con una disposición genética a un desarrollo en planetas de una mayor gravedad como el caso de **Superman**), los beneficios del crecimiento en entornos de gravedad controlada han sido muy estudiados en los últimos años, ya sea bajo una gravedad superior o en entornos de ingravidez, como demuestran los numerosos experimentos realizados en las estaciones espaciales, en una gran mayoría orientados al crecimiento vegetativo. En este campo, biología gravitacional, donde existe un gran interés por conocer las razones por las que las plantas orientan su crecimiento en función o no de la gravedad, de forma que es más sencillo estimar qué parámetros del medio ambiente son necesarios para asegurar que una semilla pueda crecer y sobrevivir en entornos cambiantes.

# 15. FANTASÍA DE VÉRTIGO

## ANIMAL MAN

**Primera aparición:** *Strange Adventures* n.º 180 (octubre de 1965).
**Nombre real:** Bernhard «Buddy» Baker.
**Aliados:** Vixen, Liga de la Justicia, Adam Strange, Ellen Baker, Los Héroes Olvidados.
**Enemigos:** Reina Araña, Vandal Savage, B'wana Beast, Abeja Reina.
**Poderes y armamento:** Buddy Baker cuenta con la capacidad de absorber las habilidades de los animales que tiene cerca, sean cuales sean estas, y reproducirlas a través de su cuerpo humano. Con los años este poder se ha ido haciendo más fuerte y certero. Está conectado a La Roja o La Red de la Vida, el campo morfogenético que une a todos los animales del mundo.
**Creado por:** Dave Woody y Carmine Infantino.

## Un poder animal

Aparecido por primera vez en *Strange Adventures* 180, típica cabecera en la que cabía un poco de todo y por la que ya había pasado Adam Strange, protagonizaba una historieta llamada «Yo fui el hombre con poderes de animal», aunque no sería hasta su tercera aparición que luciría su tan chillón uniforme con una A enorme atravesando su pecho. Sin destacar sus aventuras, realmente tópicas, terminaría en el fondo del cajón hasta 1980 (con una breve resurrección editorial en 1972) tras aparecer en la serie de Wonder Woman y posteriormente tener su momento de gloria en la legendaria *Crisis en Tierras Infinitas* de Marv Wolfman y George Pérez.

Hasta ese momento Buddy Baker tenía el típico origen de superhéroe, siendo un joven más o menos tímido y aficionado a la caza. Un día se topará con una nave alienígena, que hará explosión y le dotará del extraño poder de mimetizar las habilidades naturales de los animales que tiene cerca. De esta forma se lanzó a vivir aventuras, enfundado en un traje

Finalmente llegó su oportunidad en 1988 de la mano del guionista Grant Morrison y las portadas de Brian Bolland (*La broma asesina*), creando una serie arriesgada, centrada siempre en contar con un buen y sólido guión, que presentaba a un Buddy Baker alejado de los tópicos en los que había vivido hasta entonces llevando la colección por la defensa del medio ambiente y entrando en terreno metafísico. En la actualidad de *New 52*, el personaje volvió a contar con serie propia desde 2011 con guiones de Jeff Lemire. Además de participar en el crossover *Mundo Putrefacto*, junto a La Cosa del Pantano y Frankenstein (en su versión de DC Comics, muy alejada de la clásica de Mary Shelley).

## Su oportunidad llegará antes o después

Dado el carácter secundario y prácticamente de culto del personaje, apenas se ha prodigado por otros medios. Existe una versión animada del año 2012, de solamente cuatro episodios protagonizados por el cómico Weird Al Yankovic, bajo guiones y dirección de Will Patrick.

## El mimetismo

El poder de Buddy Baker, en su concepción más básica, se denomina mimetismo, una habilidad del reino animal por la cual algunos seres pueden simular ser otros organismos o parte de su entorno, siendo la más conocida la coloración del camaleón. Existen diversos tipos de mimetismo pero los más semejantes a la habilidad de Animal Man serían el Aposematismo y la Mímesis Batesiana. La primera de ellas sería la representación en animales inofensivos rasgos peligrosos de otros, y la segunda es cuando el aspecto de una especie se asemeja al de una peligrosa, como moscas que parecen abejas para así no ser presa de los depredadores.

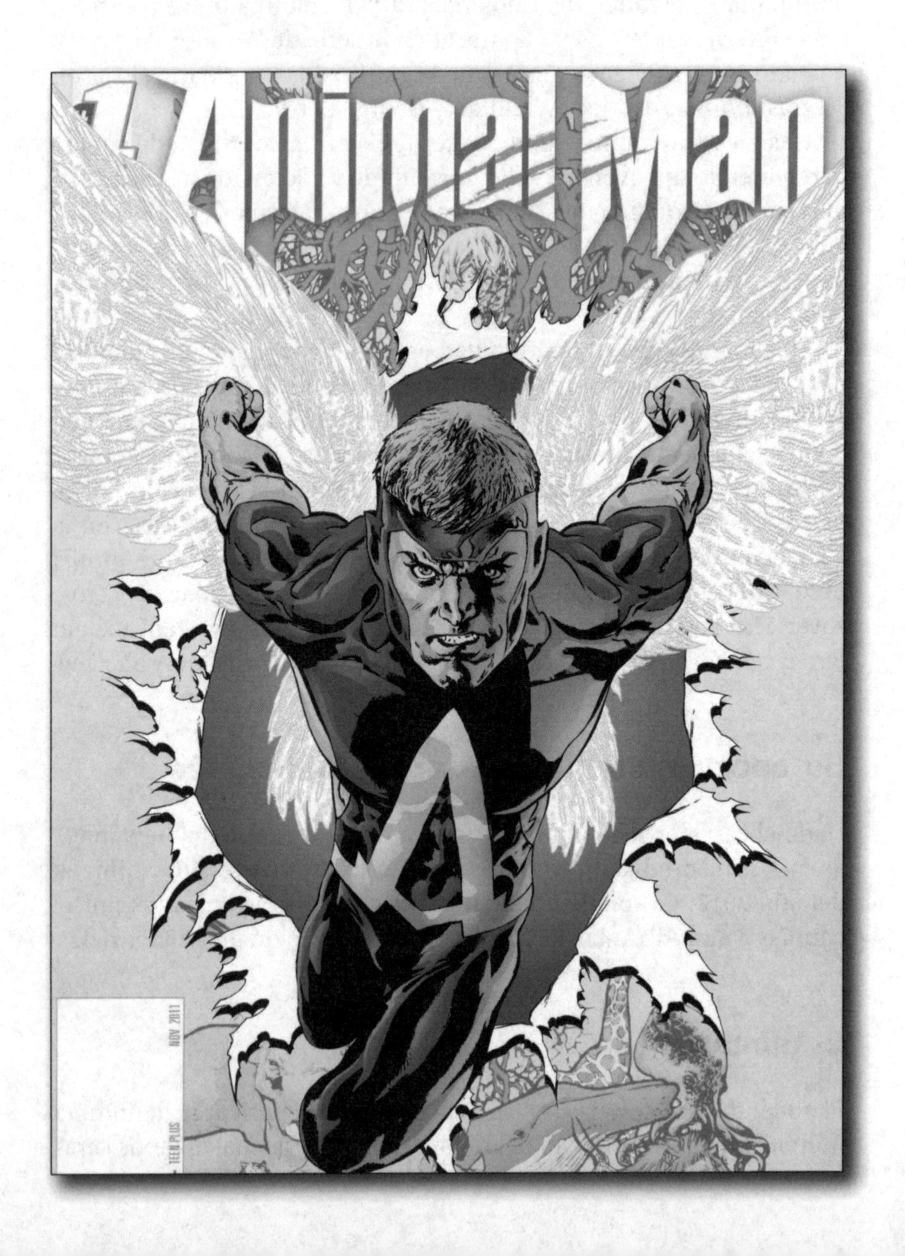

# HELLBLAZER

**Primera aparición:** *The Saga of the Swamp Thing* n.º 37 (junio de 1985).

**Nombre real:** John Constantine.

**Aliados:** La Cosa del Pantano, Chas, Zatanna, Epiphany Greaves.

**Enemigos:** Lucifer, Terry Greaves, Julian, Las Parcas, Gary Lester.

**Poderes y armamento:** Hechicero y nigromante capaz de enfrentarse a Lucifer y salir indemne de la batalla; puede alinear los acontecimientos en su favor, pero su auténtico poder es ser un jugador, un mentiroso capaz de engañar a cualquiera para salir indemne, aunque al final siempre paga alguien el precio.

**Creado por:** Alan Moore, Stephen R. Bissette y John Totleben.

## Magia desde los suburbios londinenses

John Constantine apareció por primera vez como un personaje secundario en la serie de *La Cosa del pantano* a petición de los dibujantes Stephen R. Bissette y John Totleben, quienes solicitaron al guionista Alan Moore un personaje con los rasgos de Sting, en concreto los lucía en la película *Quadrophenia* (1979). La respuesta fue un nigromante que rompió con los habituales moldes de magos de los cómics, alejándose del canon de elegancia y bondad, para caminar en un mundo lleno de grises, en el que realmente la persona en la que menos puedes confiar es él mismo. Su éxito llevó a que en 1988 la editora Karen Berger le diera su propia cabecera, con Jamie Delano al mando que dotó al hechicero de un pasado muy completo, con referencias bíblicas y poco a poco (él, y los guionistas que le sucedieron) le hicieron evolucionar hasta la icónica figura que es hoy.

Constantine nació en Liverpool en 1953, muriendo su madre en el parto, viviendo con un padre al que odia y una hermana a la que intentará salvar del infierno, además de una sobrina que sufrirá las consecuencias de las acciones de su tío. Durante su juventud formó parte del movimiento punk, tuvo un grupo llamado Membrana Mucosa. Posteriormente dedicaría su vida a luchar contra la oscuridad, sobrenatural o humana, aunque siempre siendo él mismo un mentiroso y caminando en una muy fina línea entre la bondad y lo temible, además de la cordura y la locura.

Dentro de la continuidad de *New 52*, se le ha rejuvenecido y ha pasado de nuevo a formar parte del Universo base de DC, liderando la llamada Liga de la Justicia Oscura. Además de proseguir sus aventuras en solitario en una nueva cabecera que sustituye a *Hellblazer*, llevando por nombre *Constantine*.

## Keanu Reeves en el papel de Constantine

En 2005, con el director Francis Lawrence y el rostro de Keanu Reeves, se hizo una adaptación cinematográfica llamada *Constantine*, aunque logró poco éxito de público y crítica, al no lograrse realmente captar la esencia sardónica del personaje. Desde hace varios años se ha intentado llevar adelante una secuela, sonando desde hace poco el nombre del conocido Guillermo del Toro, sin lograrlo con éxito.

La NBC está preparando una serie de televisión, protagonizada por Matt Ryan con un look muy cercano al cómic, y Charles Halpert (*True Detective*) como su mejor amigo, Chas.

## No es magia, pero se le parece

La nigromancia es la adivinación del porvenir por la invocación de espíritus, o a través de las vísceras de los muertos. Se tiene constancia de esta práctica desde la antigua Persia, la mitología nórdica, y también en la Biblia cristiana cuando se convoca al espíritu de Samuel ante Saúl. La capacidad de ver el futuro también es llamada clarividencia, concebida como una percepción extrasensorial que todavía hoy no ha encontrado respaldo científico.

# SANDMAN

**Primera aparición:** *The Sandman* n.º 1 (enero de 1989).
**Nombre real:** Morfeo.
**Aliados:** Muerte, Destino, Delirio, Wesley Dodds, Lucien, Matthew.
**Enemigos:** Roderick Burguess, El Corintio, Lucifer.
**Poderes y armamento:** The Sandman, o Morfeo, es el Señor del Sueño de las leyendas americanas, el hombre mágico que nos trae los sueños y vela por nuestros sueños. Capaz de crear las más impresionantes fantasías, pero también las más terribles pesadillas. Inmortal y eterno, al igual que el resto de sus hermanos.
**Creado por:** Neil Gaiman, Sam Kieth y Mike Dringenberg.

## La obra que encumbró a Neil Gaiman

El personaje es uno de los más complejos del Universo de DC Comics, en parte por su condición de representación antropomórfica de un estado y por otro lado por el tratamiento que siempre le ha dado Neil Gaiman. También llamado Sueño es uno de Los Eternos, hermanos inmortales que controlan algunos de los aspectos más importantes de nuestra vida (como la hermana mayor Muerte). La primera vez que Morfeo hará aparición será para ser atrapado por Roderick Burguess, un nigromante que pretendía encarcelar a Muerte pero cuyo encantamiento salió mal. Durante sus décadas de aislamiento Morfeo no dijo una sola palabra y cuando finalmente logra escapar toma su justa venganza, por supuesto a través de los sueños, para con su captor. Finalmente regresará a su reino, antaño brillante y hoy hundido, para recuperar el poder que por derecho le pertenece y traer la calma a todos los durmientes.

Aunque la creación de Morfeo es posterior a la del Sandman clásico, su concepción como inmortal hace que cronológicamente (en la historia) sea anterior. De hecho Wesley Dodds (el Sandman superheróico) comienza sus aventuras por culpa de los sueños que tiene, una consecuencia del encierro del Eterno, poniéndose una máscara inspirada en la de este y dejando un puñado de arena.

## Los sueños cinéfilos se harán realidad

Durante mucho tiempo se ha especulado con la posibilidad de una producción audiovisual de este personaje, estando entre las productoras interesadas Warner Bros (propietaria de DC Entertainment, no hay que olvidarlo), para crear una serie de televisión que adaptara a la galardonada creación de Neil Gaiman.

De momento poco se sabe al respecto, salvo que parece que se contaría con Erick Kripke (de cuya mano salió *Supernatural*) y que Neil Gaiman poco tendría que ver en el desarrollo del proyecto. Por su parte, este último ha comentado que para él el director adecuado sería el imaginativo Terry Gilliam.

## Problemas con Morfeo

*The Sandman* es la recreación de una leyenda popular americana, pero también recoge en su figura otras como Oneiros o un relato celta de un duende que lanza arena a los durmientes permitiendo sus sueños. Más cercana a esta idea estaría «Sandy» de *El origen de los guardianes,* que aunque sea el mismo personaje se nos muestra en una versión dulcificada, aunque igual de poderosa.

La primera vez que Morfeo apareció fue encerrado, y en consecuencia no pudo velar por el descanso de nadie, esto conllevó que a lo largo de todo el mundo hubiera personas que sufrieran trastorno del sueño que iban desde el insomnio (sueño insuficiente) y los terrores nocturnos (sueño que finaliza con un despertar abrupto y asustado), a la somnolencia (no estar del todo despierto nunca, a pesar de dormir largos periodos de tiempo) o el Insomnio Idiopático (muy infrecuente, puede aparecer desde el nacimiento, afecta al control de la vigilia).

# PREDICADOR (Preacher)

**Primera aparición:** *Preacher* n.º 1 (abril de 1995).
**Nombre real:** Jesse Custer.
**Aliados:** Tulip O'Hare, Proinsias Cassady, John Wayne.
**Enemigos:** El Santo de los asesinos, El Grial, Dios, Jody, Herr Star.
**Poderes y armamento:** Capacidad de ser obedecido por cualquiera que escuche su voz, puede ver el bien y el mal. Unido a Génesis, es el ser más poderoso de toda la creación de Dios.
**Creado por:** Garth Ennis y Steve Dillon.

## Garth Ennis se pone gamberro

La línea *Vertigo* es uno de los cajones de sastre más interesantes de DC Comics, en el que tienen cabida todo tipo de personajes en una línea mucho más arriesgada que su Universo regular. Así en 1995 dio comienzo esta serie creada por Garth Ennis y el dibujante Steve Dillon, además de las portadas de Glenn Fabry que marcaron mucho la línea visual que seguía el personaje. La serie terminó de publicarse en el año 2000, tras casi un centenar de números (entre regulares y especiales).

Jesse Custer era el sacerdote local de un pequeño pueblo de Texas llamado Annville. Un día, durante un sermón su cuerpo será ocupado por un ser de enorme poder nacido de la prohibida unión de un demonio y un ángel, Génesis, que podría llegar a enfrentarse al mismo Dios. Este hecho tuvo consecuencias fatales, no solo para el predicador, también para todos sus parroquianos, ya que la unión fue literalmente explosiva arrasando la capilla y a todos los que estaban en ella. Tras esto emprenderá un viaje en la más auténtica tradición de la *road trip* americana, recorriendo todo Estados Unidos junto a su novia, Tulip, y un vampiro irlandés y alcohólico que responde por el apellido de Cassidy. El motivo de emprender tal odisea es el poder encontrar a Dios, no de una forma metafísica si no literal, y mientras tanto se desarrolla una serie de crítica social y reflexión filosófica a través de los personajes, secundarios, referencias bíblicas y las circunstancias que los rodean. Todo salpicado de un constante olor a western.

## Un filón televisivo

Jesse Custer sonó desde finales de los años noventa como candidato a tener su propia adaptación cinematográfica, llegando incluso a verse algunos muy preliminares diseños, pero la problemática de su argumento violento e irreverente dejó a todo el proyecto totalmente parado.

A finales de 2013 saltó la noticia de que la cadena televisiva AMC, estaba preparando una serie basada en el personaje. Anteriormente se interesó por el cómic la HBO, sin llegar tampoco a nada por las complicaciones de su argumento.

## Sobre Génesis

Génesis, llamado igual que el primer libro de los que conforman la Biblia cristiana, es un nacido del fornicio entre un ángel y un diablo. Una unión prohibida, no hace falta explicar el porqué, y cuya descendencia lleva el nombre de Nephilim. También conocidos como

Gigantes, a los que se menta precisamente en el Génesis aunque en la concepción de ángeles caídos, o Titanes (lo que rápidamente se relaciona con los Titanes del panteón griego), pudiendo referirse también a la unión entre un ángel y una humana.

Se refiere igualmente a la constelación de Orión para los arameos (Nephila), ya que esta se asemeja a la figura de un guerrero gigante. De forma más reciente estos seres vuelven a ser nombrados por su participación en el mito del Diluvio Universal (*Libro de Enoc*), trasladado al cómic y la pantalla por Darren Aranofsky en su *Noé.*

# 16. HÉROES INDEPENDIENTES

## AMERICAN FLAGG!

**Primera aparición:** *Amazing Heroes* n.º 29 (octubre de 1983).
**Nombre real:** Reuben Flagg.
**Aliados:** Mark Thrust, Pete Zarustica.
**Enemigos:** Antonio de la Cristo, John Scheiskopf, Desiree Deutschmarx, Titania Weiss.
**Poderes y armamento:** Líder nato, agilidad, atractivo, Adaptabilidad.
**Creado por:** Howard Chaykin.

### Howard Chaykin marcó estilo

En el año 1996 una serie de catástrofes llamadas *The Year of the Domino,* llevaron al Gobierno de los Estados Unidos de América y a los jefes de las más grandes corporaciones a trasladarse hasta el Hammarskjold Center situado en Marte, como una medida que era (en teoría) temporal. La marcha de estos líderes y la caída de la Unión Soviética a consecuencia de las revueltas islámicas, lleva a un cambio de poderes erigiéndose como las nuevas súper potencias la Unión Brasileña de las Américas y la Liga Pan-Africana.

La trama sucede en el años 2031, y nos presenta a Reuben Flagg, nacido en el 2000 en Hammarskjold Center de los judíos bohemios Axel y Rebecca Flagg, lo que le ha dotado de una visión totalmente idealizada y utópica de los Estados Unidos (que realmente ya no existen bajo esa vieja concepción de los mismos). Tras una época de éxito en el show *Mark Thrust, Sexus Ranger* será sustituido por una imagen computerizada, con lo que se unirá a los Plexus Rangers y llegará a la Tierra de la que hace décadas se marcharon sus padres. Allí llegará hasta Chicago, estableciéndose en el Plexmall, pero todo lo que creía saber no encaja con lo que se encuentra, así que tomará la decisión de hacer que las cosas sean cómo deben ser.

## Un héroe adelantado a su tiempo

Reuben Flagg no ha tenido la suerte de aparecer en otros formatos, aunque podría considerarse como tal la edición serializada que tuvo el primer tomo recopilatorio en nuestro país, a través de la tristemente desaparecida *Zona 84* de Toutain. No continuaría su publicación, siendo este el primer clavo en la problemática comercialización de la serie en España. No sería hasta el 2012, casi 30 años después de la publicación de la obra original, que no veríamos los primeros catorce números de la serie original. Fue en un único volumen, editado por Norma Editorial. Hasta la fecha, no se han editado más entregas en castellano.

En ocasiones se han escuchado rumores sobre una posible adaptación televisiva, e incluso se ha llegado a dar algún nombre como el de la *HBO*, pero hasta ahora no se ha llegado a ningún acuerdo en firme para llevar a cabo la tarea.

## Howard Chaykin, un autor visionario

En muchas ocasiones Howard Chaykin ha demostrado su gran talento como autor completo, pero en esta ocasión casi se le puede tildar de visionario al hablar tan acertadamente del uso de las imágenes por ordenador en sustitución de actores reales. Si bien esto es algo que hoy en día no nos suena tan descabellado, no así en la década de los ochenta cuando la tecnología estaba casi en pañales, a pesar de loables intentos como la película de culto de la factoría Walt Disney, *Tron.*

En la actualidad esta tecnología ha permitido crear desde personajes alienígenas y fantásticos, como Jar Jar Binks en *Star Wars* o el avieso Gollum en *El Señor de los Anillos,* a versiones rejuvenecidas de actores como Sylvester Stallone en *Grudge Match* (compartiendo estrellato con Robert DeNiro) o Jeff Bridges, precisamente en la segunda parte de *Tron, Tron Legacy.* De hecho esta tecnología ha llegado a revivir a intérpretes ya fallecidos, como Marlon Brando siendo Jor-El en *Superman Returns,* o el casi legendario Laurence Olivier en *Sky Captain and the World of Tomorrow.*

## GHOST (Ghost)

**Primera aparición:** *Comic's Greatest World: Arcadia Week* 3 (junio de 1993).

**Nombre real:** Elisa Cameron.

**Aliados:** The Furies, Hob, Concordia, Peter Neville, Nicola Provenzano, Jennifer Reading.

**Enemigos:** Crux, Fear Demons, The Uncubi, James MacCready, Cameron Nemo, Miasma.

**Poderes y armamento:** Intangibilidad, teletransportación, lucha cuerpo a cuerpo, agilidad.

**Creado por:** Eric Luke.

### Sobrenatural e increible

La reportera Elisa Cameron falleció, pero a cambio se convierte en lo que podemos denominar (de forma popular y muy acertada) en un fantasma, con la capacidad de atravesar objetos y también de «saltar» (teletransportarse), aunque para hacerlo deba atravesar un región del Infierno. De allí escapará Cameron Nemo, un demonio que provocará una gran cantidad de desastres hasta que sea derrotado por ella, con la ayuda de King Tiger. Aunque posteriormente descubrirá que tal Infierno y Cameron Nemo no son más que productos de su imaginación...

El personaje apareció por primera vez como secundario en Dark Horse Comics, y su popularidad fue tal que posteriormente se le daría su propia serie, desde la que se desarrollaría un intrincado y oscuro mundo, la Ciudad de Arcadia. Cada vez más reconocida su camino se fue cruzando con otros seres de fantásticos poderes, como Hellboy (la creación estrella de Dark Horse) en *Ghost/Hellboy* o el enfermizo The Mask (La Máscara, en nuestro idioma. Muy alejado de la sosa versión a la que dio vida Jim Carrey). Destaca, además de por ser una de las heroínas más atractivas (según la *Comics Buyer's Guide Presents: 100 Sexiest Women in Comics*, de Krause Publications), por la inteligencia de la que está dotada la serie, además de por unos diseños muy art decó; dos hechos que rápidamente llamaron la atención de los lectores.

## Competencia entre fantasmas

En contra de lo que en ocasiones pueda parecer, el personaje todavía no ha hecho apariciones en otros medios. Aunque sí puede ver su versión real a través de las fotografías que acompañan a sus aventuras, ya sean portadas o también de las numerosas muestras de *cosplay* que puede uno encontrarse. Lo que sí ha tenido ha sido varios *crossovers* realmente interesantes, además del ya mentado con Hellboy, está el que vivirá con Batgirl y con el inquietante The Shadow en 1995.

## Sobre la teletransportación

La teletransportación es una de las líneas que se investigan desde hace años. Según informó el periódico 20 minutos, el profesor Eugune Polzik y su equipo del Instituto Niels Borh junto con el Max-Planck Institute for Quantum Optics de Alemania, han dado un salto cuantitativo al lograr transportar con éxito a 50 cm un objeto atómico microscópico. «Éste es un paso más allá, puesto que es la primera vez que se emplea en teletransportación tanto la luz como la materia. La primera lleva la información y la otra sirve de contenedor a la misma», explicó Polzik en una entrevista. Por su parte, Juan Ignacio Cirac Sasturain, responsable del equipo alemán y premio Príncipe de Asturias de Investigación Científica y Técnica 2006, explica que «conseguimos teletransportar el estado cuántico de hasta 500 fotones a varios billones de átomos».

# PLANETARY

**Primera aparición:** *Gen n.º 33* y *C-23* n.º 6 (septiembre de 1998).

**Nombre real:** *Planetary*. Grupo formado por Elijah Snow, Jackita Wagner y The Drummer.

**Aliados:** Cold Bastard, Jackie, Little Drummer Boy.

**Enemigos:** Jacob Greene, Randall Dowling, William Leather, Kim Süskind.

**Poderes y armamento:** Inmortalidad, Maestro de las armas, Invulnerabilidad, Agilidad, Interacción electrónica.

**Creado por:** Warren Ellis y John Cassaday.

## Un canto de amor a la historia de los cómics

Elijah Snow es uno de los primeros nacidos del siglo XX, en concreto en los primeros momentos del 1 de enero del 1900, y al igual que todos los bebés de ese instante dejó de envejecer hace décadas además de tener poderes (en su caso la capacidad de extraer el calor del ambiente y congelarlo). Cuando comienza la trama de Planetary está voluntariamente recluido en un páramo, acudiendo a comer cada día al mismo restaurante en el que recibirá la visita de Jackita Wagner. Este le hará una proposición: unirse al equipo de campo de una institución privada llamada Planetary (Arqueólogos de lo imposible). Él trabajará con ella y con The Drummer, dirigidos por alguien que solo conoceremos como Cuarto Hombre.

Esta serie tuvo una publicación desigual, comenzando como mensual, pasando a bimensual y posteriormente a cuando los dos autores tuvieran terminado un número. Esto explica el alto nivel de calidad y la buena respuesta que tuvo, a pesar de que el lector tuviera que esperar casi una década para hacerse con los 27 ejemplares que conforman la historia. Ambos autores no dudaron en llenar de referencias cada número, así como la trama, ya desde Los Cuatro (los enemigos de Planetary, una versión malvada de *Los Cuatro Fantásticos*), pasando por Lord Blackstock que es un sosias de Tarzán o directamente el que sus protagonistas sean «arqueólogos de lo imposible» que bebe directamente del nombre de aventureros *Los retadores de lo desconocido.*

## Crossovers inesperados

Aunque *Planetary* no ha tenido adaptaciones a otros medios, sí que ha compartido aventuras con otros personajes y grupos: *Planetary/The Authority: Gobernar el mundo*, un tomo con referencias lovecraftianas. *Planetary/Batman: Noche en la Tierra*, en la que los Arqueólogos de lo imposible llegarán hasta Gotham City. *Planetary/JLA: Tierra Oculta*, aquí se enfrentarán a la Trinidad de DC Comics (Superman, Wonder Woman, Batman).

## La eterna juventud

Aunque estamos muy lejos de poder vivir el mismo tiempo que Elijah Snow, según informa la Agencia Espacial Europea (ESA) el vivir en el espacio podría hacernos envejecer más lentamente. Sin llegar al nivel al que nos ha acostumbrado la ciencia ficción, y la aburrida inmortalidad nunca será posible, pero alargando el tiempo de la vida.

El equipo científico pudo comprobar como las condiciones afectaban a diferentes tipos de organismos que llevaron, descubriendo que en los gusanos siete genes permanecían inactivos en el espacio, permitiendo así una mejor adaptación al entorno. Además de vivir más y tener mejor salud que sus congéneres con dichos genes activos ¿Y por qué gusanos? En concreto la especie fue la *Caenorhabditis elegans* que comparte con los humanos un 55% de genes, lo que abre una interesante puerta al futuro.

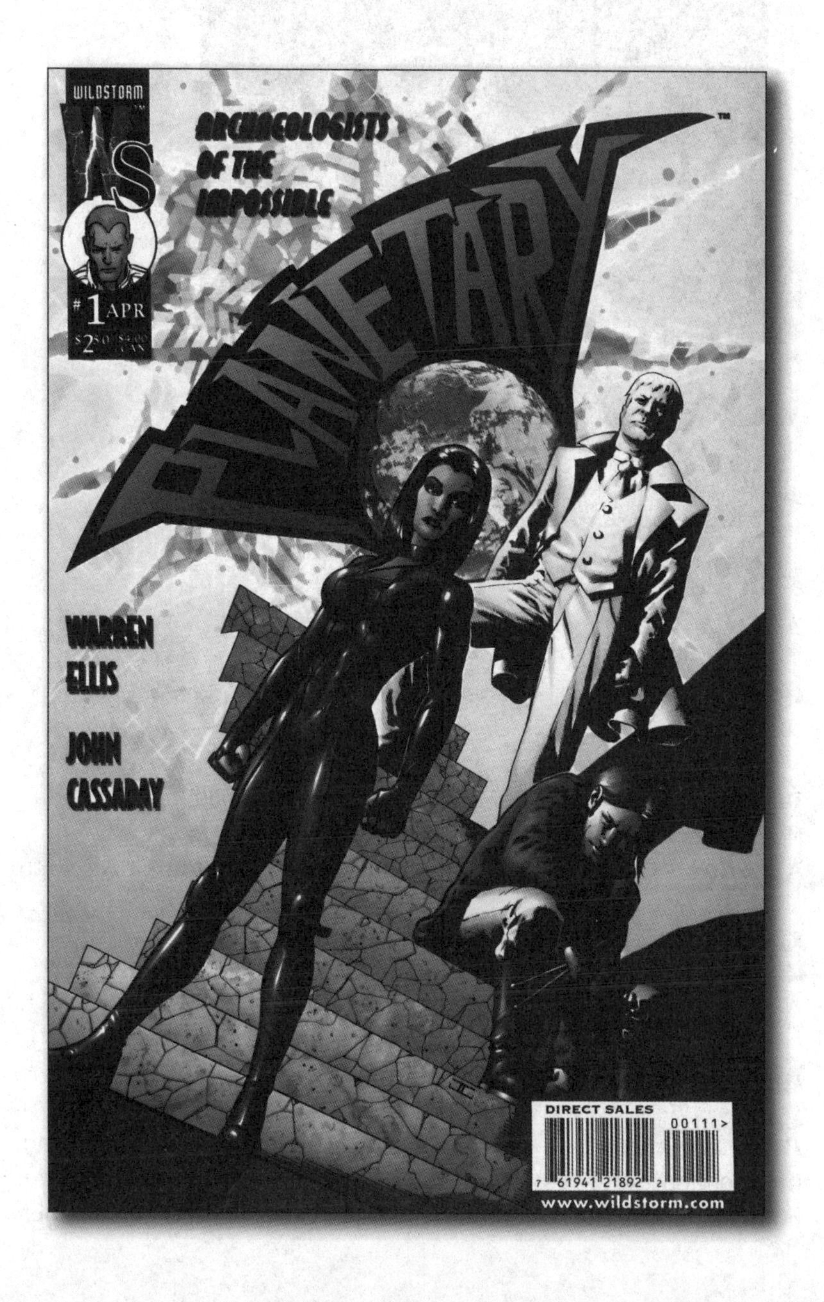

# POWERS

**Primera aparición:** *Powers* n.º 1 (abril de 2000).
**Nombre real:** Powers.
**Aliados:** Christian Walker, Deena Pilgrim, Capitán Cross, Retro Girl.
**Enemigos:** Triphammer, Calista Secor, Zora.
**Creado por:** Brian Michael Bendis. Michael Avon Oeming.

## Novela policiaca hecha viñetas

*Powers* es una de las series de cómic más ingeniosas de los últimos tiempos, en parte retomando ideas que se tocaron en *Watchmen* (la investigación de un crimen en el que están involucrados superhumanos) y otras de *Marvels* (el tratamiento a través de humanos sin poderes), todo ello combinado con una buena dosis de novela policíaca.

De hecho uno de los motivos de la existencia de esta cabecera, es el amor por ese género que tenían tanto Brian Michael Bendis como Michael Avon Oeming. Esto queda todavía más patente en las primeras entregas, que en parte se inspiran en *Homicide: A Year on the Killing Street* y en la biografía de Janis Joplin (homenajeada en el personaje de Retro Girl).

Christian Walker fue en el pasado un *power* (así son nombrados popularmente los metahumanos) llamado Diamond, hasta que perdió sus poderes en 1986. Trabaja junto a Deena Pilgrim en el Departamento de Homicidios de la Policía de Chicago, debiendo investigar casos en los que están envueltos *powers*, el primero de ellos será el asesinato de Retro Girl, que además da nombre al arco argumental inicial (*¿Quién mató a Retro Girl?*, números 1 al 6 del volumen primero). Será aquí cuando Deena Pilgrim descubra el pasado heroico de su compañero, además de su relación con la fallecida Retro Girl, o Janis en su personalidad secreta, y la superheroína Zora.

Según avance la serie iremos descubriendo más del pasado de los protagonistas, del mundo en el que viven, los héroes que los pueblan y los crímenes a los que se deben enfrentar, tanto los *powers* como los agentes del Departamento de Homicidios.

## Su futuro está en la tele

En este año 2014 se ha hecho una adaptación de la obra de Brian Michael Bendis y Michael Avon Oeming, si bien no ha sido la tan esperada película cinematográfica, sí lo ha sido en un filme destinado para televisión. En este producto destacan los nombres de Jason Patrick como Christian Walker, Charles S. Dutton dando vida al Capitán Cross y el siempre carismático Vinnie Jones siendo Johnny Royale.

Anteriormente, desde el 2011, se barajó la idea de hacer una serie de varios episodios, pero el proyecto no terminó de despegar y en enero de 2013 el propio Brian Michael Bendis dijo que el programa había tomado una nueva dirección (el telefilme). Durante mucho tiempo se planteó la opción de realizar una serie de animación, en base al estilo *cartoon* que de por sí tenía ya el cómic, aunque en la actualidad todavía no ha llegado a hacerse y sigue en el limbo.

## Chicago, una ciudad peligrosa

En el año 2011 en la ciudad de Chicago se dieron 433 asesinatos, prácticamente la mitad de los ocurridos en 1991, ocurriendo la mayoría de ellos en sábado y domingo. Además de darse con más frecuencia en los meses de julio (el que más) junio y octubre (estando estos dos casi a la par), y siendo febrero y marzo los meses con menos homicidios. Todos estos datos son oficiales de la *Research and Development Division* de la Policía de Chicago, y están a disposición de quien quiera consultarlos a través de la web, siendo totalmente accesibles para todo el mundo.

# 17. EL HÉROE VENGATIVO

## EL ESPECTRO (Spectre)

**Primera aparición:** *More Fun Comics* n.º 52 (febrero de 1940).
**Nombre real:** Jim Corrigan en su primera encarnación.
**Aliados:** Sociedad de Justicia de América, All-Star Squadron, El Fantasma Errante, Liga de la Justicia de América.
**Enemigos:** Azmodus, Mr. Mxyzptlk, Antimonitor, Darkseid, Vandal Savage, Eclipso.
**Poderes y armamento:** El Espectro tiene las habilidades de un Dios y sus poderes son casi ilimitados.
**Creado por:** Jerry Siegel y Bernard Baily.

## Espíritu de la venganza

Jim Corrigan era un duro policía que se vio atrapado en una emboscada. Tras noquearlo, lo metieron en un bidón que cubrieron de cemento y lo tiraron a las aguas del puerto. Su espíritu pedía a gritos venganza contra sus asesinos. Una extraña entidad llamada «La Voz» le devolvió a la vida, convirtiéndole en un ser sobrenatural predispuesto a la venganza. Después de acabar con los asesinos de Corrigan tomó su identidad, transformándose en El Espectro cada vez que un crimen merecía ser castigado.

El Espectro ayudó a fundar la Sociedad de Justicia de América, siendo su miembro más poderoso y más adelante entró a formar parte del All Star Squadron. Con el tiempo el personaje fue cayendo en el olvido hasta que el guionista Gardner Fox y el dibujante Murphy Anderson lo recuperan en el n.º 60 del cómic *Showcase* (febrero de 1966). A partir de este momento El Espectro es prácticamente omnipotente, ensañándose con sus víctimas de una manera que ponía a prueba continuamente la censura del Comics Code Authority. Y es que entre las creativas formas que tenía para acabar con los malvados, se encontraba algunas tan crueles como convertirlos en madera y luego trocearlos con una sierra, o con unas tijeras gigantes cortaba en dos al villano de turno. Sin olvidarnos de los enterramientos en vida, transformar a una persona en cristal para luego romperlo en añicos o convertir a un asesino en un maniquí y lanzarlo a una hoguera. Tras las *Crisis en Tierras Infinitas* (1985), redujeron los poderes semi divinos del personaje aunque continuaba en su misión de vengarse de aquellos que habían muerto de forma injusta.

Cuando por fin Jim Corrigan pudo abandonar el Espectro, este tuvo que irse al limbo hasta que otro cuerpo lo ocupase. El «afortunado» fue Hal Jordan, antiguo Green Lantern que se había corrompido y transformado en la entidad Parallax. Cuando este murió, vio en el Espectro una posibilidad para redimir sus pecados. Por supuesto, todo fue temporal ya que Hal Jordan resucitó convirtiéndose de nuevo en el mejor Green Lantern de todos. El siguiente en tomar el manto del Espectro fue Crispus Allen, un detective de la policía de Gotham City, asesinado por un compañero corrupto.

## A este espíritu no le gusta la televisión

El Espectro no ha tenido hasta ahora ninguna aparición en la gran pantalla, aunque se rumorea que podría estar en la adaptación de la *Liga de la Justicia Oscura* que el mejicano Guillermo del Toro tiene previsto dirigir. Antes de que eso ocurra, hemos visto a un Espectro más suavizado (con la voz de Mark Hamill) en el episodio *Chill of the Night!* de la serie de animación *Batman: The Brave and the Bold* (2010). Ese mismo año, en el DVD *Liga de la Justicia: Crisis en dos tierras*, nos encontramos el corto de animación, *DC Showcase: The Spectre*, escrito por Steve Niles.

## Posesiones espirituales

El caso de Jim Corrigan y el Espectro no se trata de una posesión demoníaca al uso, pero podría englobarse en las llamadas posesiones espirituales. Este tipo de creencias no están reconocidas por la medicina o la psiquiatría. Las personas que lo sufren creen que un ser sobrenatural (espíritus, demonios, dioses o incluso extraterrestres) toma el control de un ser humano, realizando en él diversos tipos de cambios. Si bien hay varias religiones que lo contemplan como una posibilidad, la medicina lo asocia a enfermedades mentales como la psicosis, esquizofrenia, síndrome de Tourette, epilepsia o el trastorno de identidad disociativo.

# EL CASTIGADOR (The Punisher)

**Primera aparición:** *The Amazing Spider-Man* n.º 129 (febrero de 1974).

**Nombre real:** Frank Castle (Frank Castiglione es su nombre de nacimiento).

**Aliados:** Thunderbolts, Héroes de Alquiler, Legion of Monsters, Defensores Secretos.

**Enemigos:** Barracuda, Bullseye, Moses Magnum, Ma Gnucci, Moses Magnum, Daredevil, Puzzle, Kingpin.

**Poderes y armamento:** Castle domina todo tipo de armas, a la vez que es un gran estratega militar. También es un maestro en artes marciales y en el combate cuerpo a cuerpo.

**Creado por:** Gerry Conway, Ross Andru y John Romita Sr.

## Primero disparar, luego preguntar

Frank Castle era un veterano de la guerra de Vietnam que se encontraba con su familia en un picnic en Central Park de Nueva York. Lo que iba a ser una tarde de diversión familiar se convirtió en una masacre al ser testigos de un ajuste de cuentas entre gánsteres. Estos también asesinaron a su esposa e hijos, dejando malherido a Castle. Después de este suceso, se convirtió en El Castigador (o The Punisher) dedicando su vida y recursos a emprender una guerra sin cuartel contra el crimen, asesinando sin piedad cuando la situación lo requiera.

Como personaje, El Castigador era incómodo para Marvel ya que no respetaba las vidas ajenas como lo hacían el resto de superhéroes de la editorial. Pero lo cierto es que su popularidad no paraba de crecer, hasta el punto de darle su primera miniserie como protagonista en enero de 1986, obra del guionista Steven Grant y el dibujante Mike Zeck. Lo que en principio iba a ser una miniserie de cuatro números, se transformó en una de cinco. A partir de aquí su éxito fue imparable. En julio de 1987 tuvo su primera serie regular, llegando a tener tres colecciones mensuales al mismo tiempo, junto a una cuarta ambientada en el año 2099, en su periodo de mayor éxito. A mediados de los noventa, Marvel canceló todas ellas debido a que la sobreexplotación del personaje había afectado negativamente a sus ventas. Tras varios intentos para recuperar al personaje, no sería hasta que el guionista Garth Ennis y el dibujante Steve Dillon relanzaron al Castigador en una maxiserie de doce números (*Punisher* vol. 4, abril de 2000) que volviera a recuperar el interés de los lectores. Ennis y Dillon que ya habían trabajado juntos en la serie *Predicador* (DC Comics), supieron encontrar el tono adecuado, recuperando el espíritu original de este peculiar antihéroe.

## Llenando la pantalla de casquillos de bala

The Punisher ha tenido hasta la fecha tres adaptaciones a la gran pantalla. La primera fue en 1989 cuando un joven Dolph Lundgren protagonizó la adaptación dirigida por Mark Goldblatt. *The Punisher: El Vengador*, presentaba algunas diferencias con la versión de papel. En esta, no sólo desaparecía la calavera característica del personaje, sino que cambiaba al veterano de Vietnam, por un antiguo oficial de policía que venga la muerte de su familia. Debido a los problemas financieros de la productora New World, la película no llegó a estrenarse en Estados Unidos en la gran pantalla y fue lanzada directamente en vídeo.

El siguiente acercamiento al personaje fue en *The Punisher* (*El Castigador*), dirigida por Jonathan Hensleigh y con Thomas Jane como Frank Castle y John Travolta en el papel del villano de la película. Otra vez vuelven a cambiar el origen de nuestro antihéroe. En esta ocasión es un agente encubierto del FBI que es víctima de la venganza de un mafioso que asesina a toda la familia de Castle, siendo este el único sobreviviente. Estaba prevista una segunda parte, repitiendo Hensleigh como director y Thomas Jane como protagonista, pero las habituales «diferencias creativas» con la productora, hizo que ambos abandonaran el proyecto. Aun así, Thomas Jane repitió su papel como Frank Castle en *Dirty Laundry*, un *fan film* (cortometraje de bajo presupuesto realizado por aficionados). El corto de diez minutos de duración y con el actor Ron Perlman, en un papel secundario, se pudo ver por primera vez en la San Diego Comic-Con International de 2012, recibiendo una gran acogida por parte del público.

Antes que *Dirty Laundry*, el 5 de diciembre del 2008, se estrenó una nueva adaptación, *Punisher: Zona de Guerra*, dirigida por Lexi Alexander y protagonizada por Ray Stevenson, siendo Dominic West el responsable de interpretar a Puzzle, el villano de la película. Esta nueva encarnación del personaje es la más fiel al cómic de las vista hasta la fecha, pero lo cierto es que fue un sonoro fracaso tanto de crítica como de público. Convirtiéndose en una de las película basadas en un personaje Marvel menos taquillera, junto a *Elektra* y *Howard el Pato*. Tanto es así que en España se estrenó directamente para el mercado de vídeo.

# VIGILANTE

**Primera aparición:** *New Teen Titans Annual* n.º 2 (1983).
**Nombre real:** Adrian Chase.
**Aliados:** J.J. Davis, Terry Gómez, juez Alan Welles, fiscal Marcia King.
**Enemigos:** Electrocutor, Controlador, Pacificador, Black Thorn, Batman.
**Poderes y armamento:** El Vigilante posee una gran agilidad y una fuerza por encima de la media. Es un maestro en el combate cuerpo a cuerpo y domina todo tipo de armas.
**Creado por:** Marv Wolfman y George Pérez.

## Vigilando las páginas de DC Comics

Varios han sido los personajes que han adoptado el nombre de Vigilante en DC Comics. El primer Vigilante fue Greg Sanders, un cowboy justiciero que formó parte de los Siete Soldados de la Victoria. El personaje, creado por Mort Weisinger y Mort Meskin, vio la luz por primera vez en *Action Comics* n.º 42 (noviembre de 1941) pero nunca alcanzó una gran popularidad. Quién si lo hizo fue Adrian Chase, el segundo Vigilante. Chase era un conocido juez de Nueva York y un azote de la mafia. Es por eso que los Scarapelli atentaron contra la familia de Chase, matando a su esposa e hijos y malhiriéndolo a él. Una vez recuperado, bajo la identidad de Vigilante, dedica su vida a acabar con todos aquellos que se burlan de la justicia o la evitan a través de argucias legales. Y es que el propio nombre, Vigilante, además de tomar su nombre de nuestro idioma, en inglés tiene una acepción que define aquel que se toma la justicia por su mano.

Durante algo más del primer año de la serie los guiones estuvieron a cargo de Marv Wolfman, el creador del personaje. A partir del n.º 19 el guionista Paul Kupperberg toma el rumbo de la serie hasta su final. Sin su creador al frente de la colección, las andanzas de Chase y su carácter van cambiando. La dualidad de ser juez y verdugo atormenta su mente hasta volverlo un desequilibrado. En medio y para empeorarlo todo, es desenmascarado públicamente y asesina por error a un policía amigo. A partir de ese momento todo irá cuesta abajo hasta el fatídico desenlace del n.º 50 de la serie americana y último número de la colección.

Fueron varias las veces que Marv Wolfman expresó su deseo de recuperar al personaje sin que ello se plasmara en historia alguna. Nada más se supo del legado del Vigilante hasta que la Detective Patricia Trayce, de la Policía de Gotham, decide continuar con la labor del justiciero. Esta nueva encarnación llega de la mano de Marv Wolfman en 1992, aunque no llegó a tener el mismo impacto entre los lectores. Tendríamos que esperar hasta noviembre de 2005 para ver a Justin Powell, un nuevo Vigilante, en una miniserie de seis episodios a manos del guionista Bruce Jones y del dibujante Ben Oliver. Tras una corta andadura, Marv Wolfman vuelve a presentarnos a un nuevo Vigilante en las páginas de *Nightwing* sólo tres años después. El creador del primer Vigilante, cierra el círculo presentándonos a un misterioso personaje que acabaría siendo Dorian Chase, hermano del fallecido Adrian Chase.

## La animación, salvación de varios héroes DC

Por la particular característica violenta del personaje, el Vigilante aquí descrito no ha aparecido en ninguna serie de animación. En cambio, el Vigilante original, el Greg Sanders de 1941, sí que ha aparecido acompañado a otros héroes de DC Comics. Eso sucedió en *Justice League Unlimited* (2004) y *Batman: The Brave and the Bold* (2008).

Muchos años antes, en 1947, Columbia Pictures estrenó una serie de 15 capítulos inspirada en este mismo Vigilante. Protagonizada por el actor Ralph Byrd (a quien también vimos cómo Dick Tracy), en *The Vigilante* nos encontramos a Greg Sanders, un agente del gobierno que trabaja de forma encubierta como actor en un western. Pese al cambio en su origen y en el traje, el Vigilante es uno de los primeros héroes de DC Comics en tener su propia adaptación a la gran pantalla.

# SPAWN

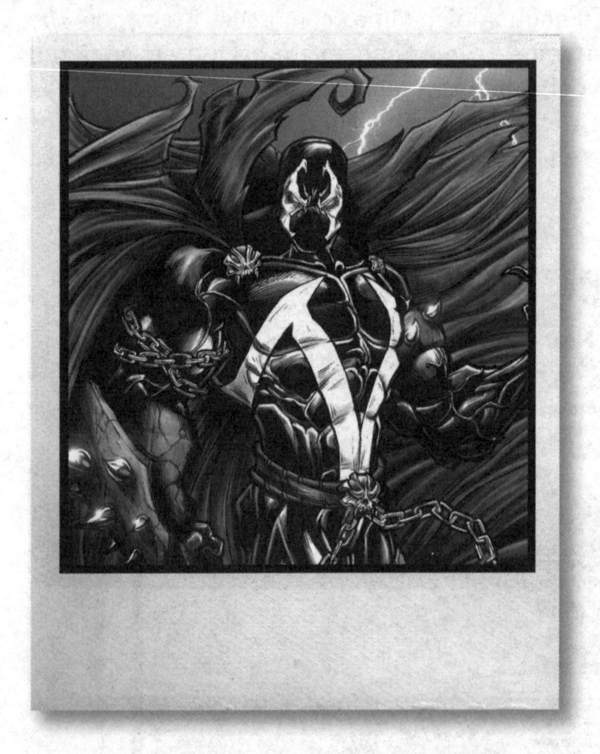

**Primera aparición:** *Spawn* n.º 1 (mayo de 1992).
**Nombre real:** Albert Francis «Al» Simmons.
**Aliados:** Terry Fitzgerald.
**Enemigos:** Malebolgia, Violator, Angela, Sam y Twich, Billy Kincaid, Jason Wynn, Chapel.
**Poderes y armamento:** Spawn posee una fuerza sobrehumana, velocidad, agilidad y resistencia muy superior a la de cualquier mortal. Vuela, tiene un factor de curación que le permite recuperarse de cualquier herida y además es inmortal.
**Creado por:** Todd McFarlane.

## Cadenas directamente del infierno

El protagonista de *Spawn* es Al Simmons, un agente de la CIA especializado en las misiones más sucias. Sus problemas empezaron al cuestionarse los métodos de su gobierno. Al llegar la noticia a Jason Wynn, su jefe directo, ordenó su asesinato para evitar que desvelara los oscuros secretos de la agencia.

El alma de Al Simmons es enviada al infierno donde hizo un trato con la entidad demoniaca Malebolgia. Vendió su alma a cambio de poder volver a ver a su mujer. Pero los tratos infernales siempre tienen su letra pequeña. En este caso, convirtió a Simmons en un ser demoniaco y lo devolvió a la tierra, pero cinco años después y con el cuerpo totalmente deformado. Por si esto fuese poco, su esposa se había casado con su mejor amigo y tenían una hija. Destrozado y sin posibilidad de recuperar a su amor, se convirtió en un ser amargado cuya obsesión será acabar con los que le asesinaros y los enviados del Infierno. Finalmente acabará suicidándose convirtiéndose en Omega Spawn, siendo reemplazado como Spawn por Jim Downing, un misterioso personaje del que aún se desconoce muchas cosas de su pasado.

## Todd da en el blanco

En 1997 se estrenó un largometraje basado en el cómic de Todd McFarlane. *Spawn* (1997) que estuvo dirigida por Mark A.Z. Dippé y protagonizada por Michael Jai White (Al Simmons/Spawn), John Leguizamo (Clown), Randle Teresa (Wanda), DB Sweeney (Terry Fitzgerald) y Martin Sheen (Jason Wynn). El film presentaba algunos cambios respecto al cómic en el que se basaba y aunque no fue bien acogido por la crítica, sí que lo hizo en taquilla. Desde entonces se viene anunciando una secuela sin resultado alguno. En verano de 2013 Todd McFarlane informó de su intención de volver a llevar a la gran pantalla a Spawn, en un proyecto más personal que el anterior film. Su intención era realizar una película ambientada dentro del género de terror y el thriller, en lugar de una película de superhéroes.

## Subcontratas y litigios

Image Comics nació con la intención de que los autores se quedaran con los derechos de los personajes que crearan, en lugar de que se los apropiaran las editoriales como era norma hasta ese momento. Al menos fue así sobre el papel. Los primeros cómics de la editorial eran espectaculares gráficamente, pero planos en cuestión de argumento. Para contrarrestar las críticas, McFarlane contrató a los mejores guionistas de la época. Así, en los dos primeros años de la serie, se pudieron ver trabajos de Alan Moore, Dave Sim, Frank Miller, Grant Morrison o Neil Gaiman.

En 1993 Todd McFarlane contrató a Neil Gaiman (*Sandman*) para escribir el número 9 de *Spawn*. En dicho cómic, el escritor introdujo tres personajes fundamentales para el futuro de la serie: Cogliostro, el Spawn Medieval y la cazadora de demonios Angela. Los tres tuvieron un largo futuro comercial, no sólo editorialmente, sino también en todo tipo de merchandising. Si bien en un principio McFarlane pagó los royalties correspondientes, con el paso del tiempo dejó de hacerlo alegando que los derechos de los personajes eran de su propiedad y que Gaiman simplemente realizó un encargo. Otro de los contratos que el autor norteamericano incumplió fue el de cederle los derechos de *Miracleman* (personaje en el que Gaiman había trabajado en el pasado y que compró McFarlane junto a otros personajes de la desaparecida Eclipse Comics) a cambio de los de Cogliostro y Spawn Medieval. Neil Gaiman demandó a Todd McFarlane, ganando el juicio y la siguiente apelación por parte de McFarlane. En ambos casos el juez dejó claro que los derechos de *Miracleman* le pertenecían a Neil Gaiman. En la actualidad, tanto *Angela*, como *Miracleman* ha pasado a editarse bajo el sello de Marvel Comics, conservando Gaiman los derechos de ambos.

# X

**Primera aparición:** *Dark Horse Comics* nº 8 (marzo de 1993).

**Nombre real:** Desconocido, aunque durante un tiempo lo llamaron simplemente Johnny.

**Aliados:** Ghost, Titan, Captain Midnight, Monster.

**Enemigos:** Carmine Tango, Headhunter, The General.

**Poderes y armamento:** X posee un alto poder de curación, agilidad y fuerza casi sobrehumana. También tiene una gran habilidad con todo tipo de armas.

**Creado por:** Joe Phillips y Wade Von Grawbadger.

## Una historia de máscaras

Arcadia era una ciudad corrupta hasta la médula, con los políticos y la policía a sueldo de las bandas mafiosas. Con este caldo de cultivo no era de extrañar que surgiera un ser como X. Un misterioso individuo que se dedicaba a asesinar a todo aquel que perjudicara la ciudad o trabajara en contra de ella. X siempre da un aviso antes de matar a sus víctimas. Por la primera infracción les marcaba la cara con una línea. La mayoría huían de la ciudad tras este aviso. Los más imprudentes, los que permanecían en Arcadia delinquiendo, sufrían una segunda marca que completaba la X. A continuación, eran asesinados sin piedad.

El origen de X tardó en desvelarse. Incluso su rostro se desconocía, siempre cubierto con una máscara de cuero negro con una X cruzando uno de sus ojos. Con los años se desvelaría que X era el hijo de un biólogo que robó un brazo infectado de unas instalaciones militares. Antes de ser asesinado junto a su esposa, inyectó a su hijo con la sangre mutada del miembro. El ejército incendió la vivienda con sus habitantes dentro pero el hijo puedo escapar aunque gravemente herido. De forma milagrosa se recuperó de las quemaduras, aunque sufrió una pérdida de memoria selectiva, haciéndole olvidar cualquier suceso de su pasado. Acogido por el estado le dieron el nombre de John Smith 24. Todos los intentos para devolverle la memoria fracasaban, siendo cada vez más violentas sus reacciones. Finalmente fue reclutado por el mafioso Carmine Tango que vio el potencial del joven, llegando a convertirse en su lugarteniente bajo el nombre de Johnny. Cuando Tango decide matarlo a causa de una predicción astrológica, envía a Coffin, su asesino más brutal. Este le cortará la cara y le cegará de un ojo, antes de lanzarlo al puerto. Sobreviviendo al intento de asesinato, renacería como X con la intención de acabar con todo el crimen de Arcadia.

## Los héroes de Dark Horse no tienen suerte

Los héroes que Dark Horse para la línea *Comics' Greatest World* no han sido muy afortunados editorialmente, pero tampoco en otros medios. La única excepción fue *Barb Wire*, personaje que fue llevado a la gran pantalla en 1996 en un largometraje protagonizado por Pamela Anderson. La película fue vapuleada por la crítica, siendo nominada para el Premio Razzie a la peor película, galardón que le fue arrebatado por el film *Striptease* (1996) protagonizado por Demi Moore.

## Intentando imitar el éxito

La línea Comics' Greatest World de Dark Horse fue creada como respuesta a los héroes de Marvel Comics y DC Comics y un intento de presentar un universo cohesionado y relacionado propio. Lo cierto es que si bien las historias presentadas eran originales y sus equipos creativos solventes, la respuesta del público fue más bien fría. Las historias transcurrían en las ficticias ciudades de Arcadia (con X y Ghost como principales héroes locales), Golden City (con Catalyst: Agents of Change y Law) y Steel Harbor (Barb Wire, Motorhead y The Machine). De todos ellos los más populares fueron X, Ghost y Barb Wire, aunque ninguno de ellos pudo competir con los superhéroes de otras editoriales ya establecidos. Recientemente Dark Horse ha relanzado *X* y *Ghost* con nuevos equipos creativos y partiendo sus aventuras desde cero.

# 18. SIEMPRE ES MEJOR ACOMPAÑADO

## LIGA DE LA JUSTICIA DE AMÉRICA (Justice League of America)

**Primera aparición:** *The Brave and the Bold* n.º 28 (febrero de 1960).
**Nombre real:** Liga de la Justicia de América.
**Miembros:** Superman, Batman, Wonder Woman, Green Lantern, Detective Marciano, Flash, Aquaman.
**Enemigos:** Darkseid, Starro, Amazo, Despero, Doctor Luz, Felix Fausto, Eclipso, Injustice Gang, Manga Khan.
**Poderes y armamento:** Vuelo, superfuerza, velocidad, telepatía, proyecciones de luz, telecomunicaciones.
**Creado por:** Gardner Fox.

## Los héroes más poderosos del mundo

La **Liga de la Justicia de América** es el equipo en el que se reúnen los héroes más poderosos, icónicos y relevante del Universo DC. Con permiso de la Sociedad de la Justicia (conformada por los héroes veteranos que lucharon durante la Segunda Guerra Mundial y siguen activos) y de los Jóvenes Titanes (la nueva generación de héroes y *sidekicks*), la JLA es el grupo más importante de este universo de ficción y todo héroe que se precie ha formado parte de este grupo, desde la trinidad DC (Superman, Batman y Wonder Woman) hasta los más desconocidos **Tornado Rojo, Vibe** o **Vixen**, sin olvidarnos de miembros fundadores como Canario Negro, el Detective Marciano o Flash. El radio de acción de la JLA no queda reducido a las latitudes y longitudes de la Tierra sino que alcanza todo el universo. O, mejor dicho, multiversos y universos alternativos, algo muy habitual en las aventuras más clásicas del Universo DC.

## Retrasando lo inevitable

DC Comics y Warner Bros. han tenido serios problemas para trasladar a la JLA a la gran pantalla. Tras varias reescrituras de guión, arranques en falso, contrataciones fantasmas (el director **George Miller**, conocido por la franquicia *Mad Max*, estuvo asociado al proyecto) y rumores continuos, el fracaso de recaudación (y crítica) que fue el *Green Lantern* de **Martin Campbell** y **Ryan Reynolds** fue todo un clavo en el ataúd para las aspiraciones de los seguidores de la JLA por ver a su grupo favorito en la gran pantalla. Las comparaciones con la franquicia de ***Los Vengadores*** y como Marvel Studios ha sido capaz de construir en pocas películas un universo compartido de éxito en crítica y cifras son odiosas. De momento, la única esperanza para los JLAers radica en esperar que la secuela de *Man of Steel*, donde Batman (interpretado por **Ben Affleck** si no cambian las cosas) y de Wonder Woman (interpretada, en un principio, por **Gal Gadot**) abra las puertas a una posterior producción de la *Liga de la Justicia*. Y es que... una película coprotagonizada por Superman, Batman, Wonder Woman, Flash, Linterna Verde y Aquaman no puede salir mal, ¿verdad? ¿Verdad?

## Polos opuestos

En uno de los combates más espectaculares de la serie, la JLA se enfrentó al mismísimo Nerón, quien trataba de mover a la Luna de su órbita y así el destruir la Tierra. El encargado de evitarlo fue Superman, quien por aquel entonces había perdido sus poderes clásicos y los había sustituido por habilidades eléctricas. Empleando estas capacidades, consiguió que la Luna tuviera un polo magnético de igual magnitud que el de La Tierra, de tal forma que planeta y satélite se repelían de la misma forma que los mismos polos de un imán se repelen. Y es que, al contrario de las creencias populares, la Luna no tiene polos magnéticos y, por ende, no tiene técnicamente puntos cardinales. Una brújula en la Luna sería inservible. A no ser que el Superman más eléctrico y azulado de la historia esté cerca.

# JOVENES TITANES
## (Teen Titans)

**Primera aparición:** *The Brave and the Bold* n.º 54 (julio de 1964).
**Nombre real:** Jóvenes Titanes.
**Aliados:** Robin/Nightwing, Donna Troy, Starfire, Ciborg, Beast Boy, Kid Flash, Jericho, Raven.
**Enemigos:** Deathstroke, Trigon, Terra, Doctor Luz, H.I.V.E., Hermano Sangre, Blackfire, Chesire.
**Poderes y armamento:** Fuerza, supervelocidad, teletransportación, metamorfosis animal, magia.
**Creado por:** Bob Haney y Bruno Premiani.

### La segunda generación de héroes

El concepto de los *sidekicks*, jóvenes héroes que acompañan a uno de los iconos de la editorial en sus aventuras, es uno de los más repetidos por DC Comics en sus personajes durante los años cuarenta, cincuenta o sesenta, quizá en gran medida por intentar empatizar con el joven lector. Desde Batman a Wonder Woman pasando por héroes más secundarios como Blue Devil o Guardián, era habitual que los héroes llevaran «acompañantes/ayudantes» a su lado. Un día DC Comics decidió reunir a cinco de ellos en un grupo que sería denominado Teen Titans. A los iniciales **Robin, Kid Flash** (Wally West) o **Aqualad** no tardaron en unírseles **Wonder Girl** (la hermana pequeña de Diana) o **Speedy**¸ el *sidekick* de Flecha Verde. Incluso, con el paso del tiempo y la llegada a la serie de los autores **Marv Wolfman y George Pérez** (quienes elevaron las cotas de calidad de la serie hasta límites insospechados e irrepetibles) se abrieron las puertas a nuevos personajes alejados del rol de *sidekick*, debutando héroes ya clásicos de la editorial como **Ciborg**, la bruja y émpata (e hija de un demonio) conocida como **Raven**, la princesa alienígena **Starfire** o el cambiante **Beast Boy**. En los Teen Titans cada uno de estos jóvenes héroes crecería y tendría la oportunidad de a encontrar su identidad propia lejos de la siempre atenta mirada de los adultos, como el caso de Robin que cambió su identidad por la de Nightwing desmarcándose para siempre de la alargada y omnipresente sombra de Batman.

## Diversión para los más pequeños

Aunque la popularidad de los cómics de los Teen Titans entre los más pequeños de la casa no es apenas significativa, su impacto mediático en la pantalla televisiva es todo un fenómeno. La serie animada de Warner Bros emitida durante 2003 y 2006 en **Cartoon Network** estaba protagonizada por el quinteto más clásico del grupo: Robin, Beast Boy, Raven, Ciborg y Starfire. La serie y estos personajes se expandieron más allá de la pequeña pantalla y era frecuente encontrar derivados de esta marca en el merchandising del Burger King, en los pijamas y mochilas de muchos pequeños norteamericanos, sobre todo entre las más pequeñas de la casa que encontraron en Raven y Koriand'r dos modelos femeninos a imitar. Nunca sabremos qué pensarán aquellas por entonces jovencitas si se acercan a alguno de los cómics actuales protagonizados por unas muy distintas Raven y Starfire.

## Viaje al centro de la Tierra

Son muchas las amenazas a las que han tenido que enfrentarse los nuevos Titanes, pero la que más daño les ha hecho de todas ellas fue la que vino del seno del grupo. **Terra**, una agente infiltrada por orden de la mayor némesis del grupo, se hizo pasar por una joven aspirante a pertenecer a los Titanes, haciéndoles creer sus buenas intenciones e incluso darle esperanzas al joven Casanova del grupo, Garfield. Sin embargo, Tara Markov acabó traicionando al grupo. Los poderes de Terra consistían en la manipulación terrestre, similares a los de su hermano **Geo-Force** (honesto miembro de los **Outsiders**), denominados "geokinesis". La manipulación de todos los tipos de materiales relacionados de materia terrestre, desde la de la corteza continental, el manto superior, el manto inferior, el núcleo externo (a 3000 kilómetros de profundidad) o, incluso, el manto interno, situado entre los 500 kilómetros de profundidad y el centro de la tierra, la cual tiene un radio de 6400 kilómetros. Teniendo en cuenta que las temperaturas registradas en estos dos últimos niveles de las capas terrestres alcanzan temperaturas oscilantes entre los 2800 y los 7200 grados centígrados, da miedo pensar qué hubiera pasado si Terra hubiera sabido explotar a fondo sus habilidades.

# WILDC.A.T.S

**Primera aparición:** *WildC.A.T.s* n.º 1 (agosto de 1992).
**Nombre real:** WildC.A.T.s, Covert Action Teams.
**Miembros:** Spartan, Zealot, Voodoo, Grifter, Maul, Warblade, Void, Mister Majestic, Ladytron.
**Enemigos:** Helspont, T.A.O., Pike, Hightower, Mister White, Crusade, Troika, Tapestry, Puritans.
**Poderes y armamento:** Ciborgs, incremento de masa, telepatía, teletransportación, videncia.
**Creado por:** Jim Lee y Brandon Choi.

## Image Comics, historia de una escisión

A comienzos de los años noventa, una generación de dibujantes **Marvel** acaparaba los focos de los lectores por encima de los personajes, las historias o los guionistas. Sin embargo, estos denominados *hot-artists* tan diferentes a sus predecesores decidieron un buen día que, aprovechando la fama que les rodeaba, igual era una gran idea abandonar Marvel y fundar su propia editorial y diseñar sus propias creaciones (con mayor margen de beneficio, por supuesto). Así nació **Image Comics**, donde dibujantes de "primer nivel" como **Jim Lee, Marc Silvestri, While Portacio, Marc Silvestri, Rob Liefeld, Todd McFarlane** o **Erik Larsen** cambiaron las páginas de los ***X-Men***, ***Spiderman*** y ***Lobezno*** para crear series con triple razón de cadenas, músculos, armas tamaño XXL y ojos brillantes como fueron *Spawn, Savage Dragon, Youngblood, Witchblade* o, en este caso, *WildC.A.T.s.*

## Grandes creaciones de Image Comics

Además de WildC.A.T.s, entre la primera generación de títulos Image sobresalen dos por encima del resto dado que aún hoy en día se siguen publicando con más de doscientas entregas continuadas a sus espaldas. Por un lado ***Spawn***, la creación de Todd McFarlane que narra las aventuras del ex agente secreto Al Simmons que revive tras ser asesinado convertido (y amnésico total) en el ser conocido como Spawn con el único objetivo de venganza. Por otro lado, ***Savage Dragon*** (también amnésico y superpoderoso), quien es un verdoso agente de policía en el cual Erik Larsen ha volcado todo su talento. Además de otras series originales que pasan por *revivals* cada cierto tiempo o títulos de segunda generación (*Darkness, The Maxx, Astro City, Pitt, Gen13*), Image Comics ha ido incorporando nuevas series como las exitosas *Walking Dead* e *Invincible* de **Robert Kirkman** o éxitos comerciales de grandes autores como *Saga* (de **Brian K. Vaughan**), *Manhattan Projects* (de **Jonathan Hickman**), *Fatale* (de **Ed Brubaker**) o *Chew* (de **John Layman**), convirtiéndose en la tercera editorial más importante de cómics de la actualidad y aquella más respetada por guionistas y dibujantes, quienes consideran a Image en un paraíso de libertad creativa y un excelente campo de pruebas para proyectos independientes.

## Tan fácil como poner un satélite en órbita

Credos por Jim Lee, los *WildC.A.T.s* son un grupo de superhéroes en un mundo donde dos razas alienígenas como los **Daemonitas** y los **Kherubines** han invadido la Tierra desde hace generaciones y llevan a cabo una guerra fría mezclándose con los humanos como inconscientes peones. Dirigidos por **Lord Emp**, El grupo está formado por un sofisticado ciborg conocido como **Spartan**, una guerrera asesina inmortal del planeta Khera bautizada como **Zealot** de espadas largas (y piernas aún más), la bailarina erótica y telépata **Voodoo** de ascendencia Daemonita, el clásico solitario del grupo de gatillo caliente (**Grifter**), el científico que pierde la inteligencia según aumenta de tamaño y fuerza (y de color verde, por si las similitudes no fueran suficientes) para convertirse en **Maul** y **Void** (con la capacidad de teletransportarse). Uno de los fichajes posteriores del grupo es Mr. Majestic, una especie de Superman todopoderoso, capaz de reorganizar los planetas, los satélites y las estrellas de todo nuestro sistema solar para que amenazas del universo exterior no le reconozcan. Sacar un planeta de su órbita parece una tarea casi imposible, pero no tanto el poner un satélite en órbita desde la Tierra, trabajo para el que se requiere menos energía de la que pueda parecer en un primer momento, ya que es posible por medio de las órbitas de transferencia de Hohmann (órbita elíptica que traslada el satélite de un radio de rotación a otro en base a cambios de velocidad instantáneos) y las órbitas geoestacionarias, que son órbitas circulares de periodo igual al de rotación de la Tierra, a una altura de 35.786 kilómetros sobre el ecuador donde la gravedad y la fuerza de escape se anulan, requiriéndose energía nula para mantener la altitud más allá de correcciones puntuales.

## GUARDIANES DE LA GALAXIA (Guardians of the Galaxy)

**Primera aparición:** *Guardians of the Galaxy* vol. 2, n.º 1 (mayo de 2008).
**Nombre real:** Guardianes de la Galaxia.
**Aliados:** Los Vengadores, Iron Man, Nova, Estela Plateada, Aniquiladores, Guardianes de la Galaxia del futuro.
**Enemigos:** Thanos, Vulcano, Blaastar, Badoon, Kang, Maelstrom, Magus, Iglesia Universal de la Verdad.
**Poderes y armamento:** Fuerza, Rayos Estelares, Precognición, Absorción cósmica, telepatía.
**Creado por:** Dan Abnett y Andy Lanning.

## Los vengadores del futuro

Como consecuencia de los eventos ocurridos en *Aniquilación: Conquista* y del plan del intento de dominación galáctica de **Ultrón**, un grupo de héroes refugiados debe unir sus fuerzas para salvar los días liderados por un terrestre, **Star-Lord**. Como integrantes de este grupo destacan **Warlock** (un pseudo-Mesías espiritual creado artificialmente por científicos humanos), **Drax El Destructor** (un humano revivido por la entidad cósmica **Chronos** para vengarse de **Thanos** con mucha mala leche), **Gamora** (bautizada como la mujer más peligrosa de la galaxia e hija adoptiva de Thanos), **Phyla-Vell** (segunda portadora de las bandas quánticas y con la habilidad innata de cambiar su nombre clave cada poco tiempo), **Mapache Cohete** (un pequeño mamífero parlante con un sentido táctico sublime), **Groot** (un árbol que habla reminiscente de los tiempos en los que los monstruos protagonizaban todos los cómics Marvel), **Mantis** (**Madonna Celestial** y consumada artista marcial), **Dragón Lunar** (telépata e hija de Drax) y **Cosmo** (perro ruso cosmonauta y telépata). Los guionistas Dan Abnett y Andy Lanning decidieron bautizar a este grupo con el mismo nombre de otro de los conjuntos de la editorial, Los Guardianes de la Galaxia, con la diferencia de que las aventuras de los actuales transcurrían el presente.

## El siguiente gran éxito Marvel en la gran pantalla

Desde que a comienzo de los años sesenta el presidente norteamericano **J. F. Kennedy** anunciara su intención de viajar a la Luna en plena carrera aeroespacial, las temáticas espaciales y cósmicas impregnaron al mundo en todas sus vertientes. **Marvel Comics**, siempre atenta a los movimientos sociológicos que interesaban a sus fieles lectores, no iba a ser menos. En 1969, seis meses antes de que **Neil Armstrong** diera un pequeño paso en la Luna, el **Mayor Vance Astro** hacía su aparición en *Marvel Super-Heroes* n.º 18. Gracias a un traje especial de una aleación de plomo y adamantium, este astronauta del siglo XX despierta tras mil años de viaje espacial con destino Alfa Centauri para encontrarse con un escenario en el que la raza alienígena **Badoon** domina nuestro sistema solar. Sería el primer integrante de los Guardianes de la Galaxia original. Por aquel entonces pocos hubieran podido vaticinar que 45 años después una versión muy distinta de aquel grupo irrumpiría en la gran pantalla en una gran superproducción de **Marvel Studios** dirigida por **James Gunn** y protagonizada por **Chris Pratt** (Star-Lord), **Zoe**

**Saldana** (Gamora), **Dave Bautista** (Drax), **Lee Pace** (Ronan el Acusador), **Karen Gillan** (Nébula) o **Benicio del Toro** (El Coleccionista), además de las voces de **Vin Diesel** (Groot) o **Bradley Cooper** (Mapache Cohete). Todo un *blockbuster* cósmico donde un mapache armado hasta los dientes se va a convertir en la sensación del verano.

## En el espacio nadie puede oír tus gritos

El viaje espacial ha sido motivo de inspiración para la ficción y a menudo de una forma muy entusiasta para los guionistas, que no han dudado en introducir todas las explosiones, onomatopeyas e incluso conversaciones entre personajes mientras dan un paseo en mallas por el espacio exterior. Sin embargo, esto es imposible. La ciencia deja claro que el sonido (que es una onda vibratoria mecánica) se transmite a través de los materiales, ya sean sólidos, líquidos o gaseosos. Por ello, dado que en el espacio exterior predomina el vacío, los sonidos no pueden transmitirse. Es cierto que existe un pequeño porcentaje de gas o de partículas sólidas pero sus átomos están tan alejados entre sí que no es posible que se propaguen las ondas mecánicas del sonido.

# THUNDERBOLTS

**Primera aparición:** *The Incredible Hulk* nº 449 (enero de 1997).
**Nombre real:** Thunderbolts.
**Aliados:** Pájaro Cantor, Piedra Lunar, Ojo de Halcón, MACH V, Atlas, Tecno, Hombre Radioactivo.
**Enemigos:** Barón Zemo, Gravitón, Justin Hammer, Norman Osborn, Bullseye, Henry Gyrich.
**Poderes y armamento:** Poderes sónicos, armaduras avanzadas, poder de crecimiento, fuerza.
**Creado por:** Kurt Busiek y Mark Bagley.

## La justicia como el rayo

*Thunderbolts* fue una colección creada por **Kurt Busiek** y **Mark Bagley** a mediados de los oscuros noventa como respuesta **Héroes Reborn**, un evento Marvel en el que los Vengadores y los Cuatro Fantásticos fueron dados por muertos en el combate contra **Onslaught**. Bajo el título «¡La justicia... como el Rayo!» este grupo de héroes, cortados bajo un patrón clásico, se presentaba en sociedad para ocupar el lugar dejado por los héroes perdidos. Liderados por el carismático y patriota **Ciudadano V,** los Thunderbolts estaban integrados por el gigantón y forzudo **Atlas**, un moderno pseudo Iron Man autodenominado **Mach-1**, el clásico técnico inventor de todo grupo que se precie (**Tecno**) y a un par de chicas atractivas y poderosas, **Pájaro Cantor** y **Meteorito**.

Nada llamaba la atención sobre ellos en un principio, aunque hasta eso formaba parte de un plan mayor porque en el momento en el que el lector llegaba a los dos últimas hojas iba a darse de bruces con una sorpresa mayúscula y una vuelta de tuerca todavía hoy histórica: los Thunderbolts eran en realidad los **Amos del Mal** dirigidos por el **Barón Zemo**, quien había decidido aprovechar la fragilidad de la sociedad para ganarse su confianza haciéndose pasar por héroes. El plan le salió mal en gran medida porque muchos de sus compañeros de equipo vieron el lado bueno del heroísmo y decidieron redimirse de sus carreras como villanos, convirtiéndose la redención en el *leitmotiv* de la serie.

## Otros grupos clásicos Marvel

El impacto del *cliffhanger* del primer número todavía resuena hoy en día y ha conseguido que esta cabecera ya con más de doscientos números a sus espaldas (con varias variaciones de integrantes del grupo por el camino) se integre de forma permanente en el catálogo Marvel y sin que tenga visos de desaparecer a corto tiempo. Sin embargo, durante los más de cincuenta años de historia de la Casa de las Ideas han existido otros grupos de superhéroes que gozaron de sus minutos de gloria antes de desaparecer entre la vorágine de nuevos títulos, sin que distintos revivals hayan servido para recuperarlos. Quizá el más conocido sea el caso de los **Defensores** (integrados inicialmente por el **Doctor Extraño, Estela Plateada, Hulk** y **Namor**) pero también es el caso de **Alpha Flight**, el equipo de superhéroes gubernamentales de **Canadá** creado por **John Byrne**, formado por **Guardián, Estrella del Norte, Puck, Sasquatch, Shaman**... O, por ejemplo, los **Campeones,** el grupo que durante los años setenta reunió a héroes tan diversos como **Hércules**, el **Motorista Fantasma**, el **Hombre de Hielo** o la **Viuda Negra**. Por no mencionar a los **Nuevos Guerreros**, los **Invasores**, **Excalibur**, los **Nuevos Mutantes**, los **Runaways**... O **Power Pack**. O **Nextwave**. O, incluso, los **Vengadores de los Grandes Lagos**. Aunque sería mejor correr un tupido velo sobre este último grupo...

## Las habilidades de Pájaro Cantor

De todos los miembros de los Thunderbolts, quien tuvo más posibilidades de dejar atrás sus días de criminal y convertirse en una heroína de los pies a la cabeza fue Melissa Gold, anteriormente Mimí Aulladora y actualmente Pájaro Cantor, destinada a convertirse en una vengadora en el futuro. Los poderes de Melissa le permiten hacer construcciones de «sonido sólido» en tres dimensiones al igual que Klaw, el villano de Los 4 Fantásticos. Con ello Pájaro Cantor puede construir desde alas que le permiten volar hasta cárceles para sus enemigos. También puede generar sonidos supersónicos, que son ondas mecánicas que se propagan más rápido que Mach 1, la velocidad del sonido (1235 kilómetros por hora) o emplear sus poderes de forma subvocal para hipnotizar o manipular a sus adversarios.

# 19. LA CIENCIA FICCIÓN COMO EXCUSA

## SOLDADO DE INVIERNO
### (Winter Soldier)

**Primera aparición:** *Captain America Comics* n.º 1 (marzo de 1941).

**Nombre real:** James Buchanan Barnes.

**Aliados:** Invasores, Jóvenes Aliados, Los Vengadores, Capitán América, S.H.I.E.L.D., Viuda Negra.

**Enemigos:** Cráneo Rojo, Barón Zemo, Calavera, Master Man, Dr. Faustus, Arnim Zola.

**Poderes y armamento:** Luchador habilidoso en el cuerpo a cuerpo. Brazo cibernético.

**Creado por:** Joe Simon y Jack Kirby (Bucky), Ed Brubaker y Steve Epting (Soldado de Invierno).

## Sidekick, amigo, enemigo y relevo

El **Capitán América** fue un personaje creado por **Joe Simon** y **Jack Kirby** en los tiempos de la Segunda Guerra Mundial antes de que Estados Unidos entrase en guerra. En todas las misiones del vengador abanderado en el frente enemigo, este era acompañado por un quinceañero llamado **Bucky Barnes** que dominaba a la perfección las técnicas de combate cuerpo a cuerpo y cuyo pequeño tamaño le permitía infiltrarse con éxito entre la línea de defensa alemana. Sin embargo, en los últimos compases de la guerra, en un enfrentamiento con el **Barón Zemo** y ante la impotente mirada de Steve Rogers, Bucky se sacrifica para detener un avión armado de explosivos lanzado desde Alemania en dirección a los Estados Unidos. Al menos, esa es la versión oficial que impero en los cómics Marvel durante sesenta años. Con la llegada de los autores **Ed Brubaker** y **Steve Epting**, un atónito lector descubre que en realidad, y de la misma forma que el Capitán América no muere sino es congelado en el Atlántico Norte, Bucky también sobrevivió a la explosión, aunque gravemente herido. Su cuerpo es recuperado del océano por un submarino ruso, revivido en Moscú y reprogramado para servirles como agente secreto bajo el nombre clave del Soldado de Invierno, actuando en misiones encubiertas y asesinando en nombre del estado ruso y permaneciendo en cámaras criogénicas durante el tiempo entre misiones, explicando de esta forma el lento envejecimiento que ha experimentado Bucky entre los años cuarenta y la actualidad. Tan solo las acciones del Capitán América, apelando a la nostalgia, y de aliados como **La Viuda Negra, Nick Furia** o **Sharon Carter** consiguen que Bucky recupere su identidad y reingrese en el bando americano, llegando incluso a tomar el manto del Capitán América durante la inesperada, poco creíble y publicitada muerte de Steve Rogers tras la **Guerra Civil** Marvel.

## Brillando en la gran pantalla

La importancia de Bucky Barnes en la mitología del centinela de la libertad quedó plasmada en *Capitán América: El Primer Vengador*, aunque con ligeras variaciones respecto a la versión original de las viñetas. Así pues, en la película dirigida por **Joe Johnston**, Barnes es interpretado por **Sebastian Stan**, un actor de una edad y una corpulencia correspondientes a una persona de la misma edad de Steve Rogers, en vez de la de un jovenzuelo de secundaria. El propio Stan es el encargado de enfundarse el traje (y peluca) del Soldado de Invierno en la segunda superproducción del Capitán América a cargo de **Anthony y Joe Russo**, donde se enfrenta a su antiguo compañero de armas, además de a La Viuda Negra (**Scarlett Johansson**) y a El Halcón (**Anthony Mackie**). El buen trabajo de Sebastian Stan, el tirón comercial de la figura de Bucky Barnes y la rehabilitación argumental del personaje al final de la segunda cinta han abierto la puerta a una potencial película en solitario de *El Soldado de Invierno*.

## Hombres biónicos

Las condiciones físicas de Bucky no superan las del humano mejor entrenado. Sin embargo, la tecnología rusa de los años cuarenta y cincuenta era lo suficiente avanzada como para diseñar, construir e implantar un brazo biónico a personas humanas, siendo Barnes uno de sus primeros conejillos de indias. Los brazos biónicos o cibernéticos siempre han sido un reclamo para la literatura y la ficción (desde **Will Smith** en *Yo, Robot* hasta el mismísimo **Darth Vader**), aunque hemos tenido que esperar al presente siglo para asistir a los primeros modelos prácticos al servicio de la ciencia médica. La fabricación de brazos biónicos no presenta un desafío tecnológico, siendo el mayor motivo de preocupación de la biomedicina (y la medicina militar) que la persona amputada pueda sentir algo a través de la prótesis. A través de impulsos electrónicos comprensibles unidos a los nervios del brazo del paciente, los equipos electrónicos de las prótesis envían señales al cerebro. Desde poder mover los dedos individualmente y apretar la mano como en los primeros prototipos, los últimos modelos permiten a los pacientes detectar el peso, la rugosidad o la temperatura de los objetos de prueba. Al igual que el Soldado de Invierno, es posible que estos brazos biomédicos incorporen nuevas prestaciones como fuerza sobrehumana o la capacidad de girar la mano 360º, algo que a buen seguro servirá de diversión en más de una fiesta.

# MAGNUS, ROBOT FIGHTER

**Primera aparición:** *Magnus, Robot Fighter 4000 A.D.* n.º 1 (febrero de 1963).
**Nombre real:** Magnus.
**Aliados:** 1A, Leeja Clane, Rai, Eternal Warrior, Grandmother.
**Enemigos:** Big Gun, Dr. Noel, Mekman, H8, Sigma,
**Poderes y armamento:** Fuerza sobrehumana, entrenamiento exhaustivo en artes marciales.
**Creado por:** Russ Manning.

## Futuros robóticos y apocalípticos

***Magnus, Robot Fighter*, *Doctor Solar*** y ***Turok, Son of Stone*** son las tres creaciones más importantes de **Gold Key Comics**, una de las editoriales más desconocidas del panorama del cómic americano de los años sesenta. Sin embargo, a pesar de la quiebra de la editorial, los tres personajes han trascendido al imaginario colectivo en sucesivas reinterpretaciones. **Magnus** es un joven de **North Am** (una megalópolis que comprende a toda Norte América) que ha sido criado por su carismático robot **1A** (el primer modelo fabricado de su serie) en la lucha contra los malvados robots de North Am, con la ayuda de su novia **Leeja** y del padre de esta **Clane**, todo ello ambientado en el año 4000. Como si del guión argumental de *Wall-E* (la película **Pixar**) se tratara, en este siglo la humanidad ha evolucionado hasta el punto de ser completamente dependiente de los robots, que son quienes realmente gobiernan y dominan el mundo en la sombra. Magnus hace honor a su apodo y deberá enfrentarse a los robots más radicales hasta llegar al jefe de la policía, el robot H8, que ha conspirado contra los humanos y pretende imponer un régimen totalitario apocalíptico propio de los años sesenta.

## Robots en los cómics

A nadie se le escapa que en los cómics, al igual que en otros campos de la ficción (desde el Terminator T-800 hasta Bender pasando por la carismática pareja de "compañeros" de *Star Wars*), el imaginario colectivo está lleno de robots nacidos en las viñetas. En el manga se encuentran tres de los ejemplos más clásicos, como son el *Astroboy* de **Osamu Tekuza**, el *Dr. Slump* de **Akira Toriyama** o *Mazinger Z* de **Go Nagai**, pero es sencillo encontrar otros ejemplos fuera del manga (o la propia Marvel o DC), como el caso de *RanXerox* de **Tanino Liberatore** en el cómic europeo o de *The Big Guy and Rusty the Boy Robot* de **Frank Miller** y **Geof Darrow** para el mercado independiente americano, sin olvidar que los **Transformers**, a pesar de ser un producto de la industria juguetera, gozaron de una gran popularidad en los cómics.

## Las tres Leyes de la Robótica

En las apenas veinte entregas originales de *Magnus, Robot Fighter,* el creador de la serie **Russ Manning** introdujo tantos guiños y referencias como pudo al mito de Tarzán (humano criado y educado en un entorno contrario a la civilización) como a las universalmente conocidas como **Tres Leyes de la Robótica**, enunciadas por el autor de ficción (a la vez que bioquímico) **Isaac Asimov**. Estas tres leyes han sido, son y serán constantes básicas en la programación del hardware, firmware y software de los robots. Tal y como afirma la primera ley, un robot nunca podrá hacer daño a un humano por sus acciones o hacer que, por su pasividad, sufra daño alguno. Sin contradecir esta primera ley, la segunda establece que un robot siempre deberá obedecer las órdenes dadas por los seres humanos, aunque ello implique poner en riesgo su propia identidad (y nunca la de los humanos). Este último aspecto tan solo queda reflejado en la tercera ley, que afirma que un robot debe proteger su existencia en la medida que esta protección no entre en conflicto con las dos primeras leyes, algo que muchos autómatas de la ficción (y, quien sabe, en la realidad) parecen tomarse muy a pecho.

# ULTRÓN (Ultron)

**Primera aparición:** *Avengers* n.º 54 (julio de 1968).
**Nombre real:** Ultrón.
**Aliados:** Amos del Mal, Alkhema, Segador, La Falange.
**Enemigos:** Hank Pym, La Visión, Los Vengadores, Iron Man, Nova, Los Guardianes de la Galaxia.
**Poderes y armamento:** Inteligencia artificial, cuerpo robótico de adamantium, rayos mortales.
**Creado por:** Roy Thomas y John Buscema.

## La mayor némesis de los Vengadores

**El Duende Verde** es el villano por excelencia de **Spiderman.** Magneto lo es de **La Patrulla-X.** Todo el mundo sabe que el **Doctor Muerte** es la némesis más clásica de los **Cuatro Fantásticos.** Y aunque es difícil de explicar la relación exacta entre **Thor** y **Loki**, la enemistad entre **Cráneo Rojo** y el **Capitán América** no tiene parangón y de sobra es conocido que **Bullseye** es el peor enemigo de **Daredevil**. Pero... ¿Y de los **Vengadores**? Son muchos los personajes que podrían ocupar ese lugar, desde **Thanos** hasta **Kang El Conquistador** pasando por El **Barón Zemo** y sus **Amos del Mal**, **El Conde Nefaria** o algún miembro descarriado como **La Bruja Escarlata**, **El Vigía** o **Hulk**. Sin embargo, tras un análisis en profundidad queda claro que la némesis más destacada de Los Héroes Más Poderosos de la Tierra es Ultrón. Esta inteligencia artificial creada por **Hank Pym** en uno de sus experimentos como robot de laboratorio pronto desarrollaría consciencia propia, mucha mala leche, un particular complejo de Edipo y decidiría acabar con la vida humana en la Tierra e incluso de la galaxia.

## Dando la lata en la secuela

**Joss Whedon** no ha pasado por alto la importancia del personaje. Tras seleccionar a **Loki** y los **Chitauri** (cameo final de **Thanos** aparte) como villanos de la primera película vengativa, el principal villano de la secuela será Ultrón, además de un papel importante para el Barón **Wolfgang Von Strucker** (interpretado por **Thomas Kretschmann**). Aunque la figura del robot será construida digitalmente, **James Spader** será el encargado de ponerle voz en una película bautizada precisamente con el nombre del villano: *Los Vengadores: La Era de Ultrón*. Tan solo queda saber sí, al igual que ocurre en los cómics, Ultrón crea a **La Visión** y si esta última se rebela contra su creador o de si van a pasar por alto esta subtrama o relegarla a la tercera película. En cualquier caso, Ultrón será la última figura en añadirse a una larga lista de robots famosos del mundo del cine como **C3PO**, **Optimus Prime**, **Bender** o **Wall-E**.

## Tecnología autorreparable

Desde los primeros enfrentamientos Los Vengadores siempre han conseguido vencer a Ultrón, pero el robot siempre ha conseguido reconstruirse a sí mismo. Lejos de la realidad, este objetivo es uno de los más deseados por la comunidad científica, fuertemente respaldada por la industria militar y aeronáutica. Estas dos últimas buscan un método de mantenimiento predictivo y preventivo de las estructuras de sus equipos y transportes con las que sustituir a las técnicas correctivas, mucho más costosas. En este contexto surgen las técnicas de **Structural Health Monitoring** (SHM) como las redes de **fibras de**

**Bragg** o **sensores acústicos**, aunque la técnica más empleada está basada en **ondas guiadas ultrasónicas**, conocidas también como **ondas de Lamb**. Los sistemas SHM envían señales electrónicas que, a través de unos transductores piezoeléctricos de **titanato zirconato de plomo** (PZT), se transforman en ondas ultrasónicas y que son transmitidas y propagadas a lo largo de la estructura. Como si de un radar se tratara, el rebote o desviaciones que experimentan las señales ultrasónicas a lo largo de su propagación condicionará su forma en la señal adquirida en los transductores, los cuales convierten de nuevo la onda ultrasónica en una señal eléctrica, de la que se puede extraer la respuesta sobre el estado de la estructura y averiguar si existen defectos, deterioro o fisuras en el material. El alcance de estos equipos SHM está limitado a estructuras de pocos metros (1-9 metros) por lo cual un análisis completo de la estructura de, por ejemplo, un avión exigiría la instalación de muchos sistemas a bordo de la aeronave, aumentando el peso y el consumo. El desarrollo e instalación de sistemas SHM reducidos y embarcables es uno de los mayores objetivos para la industria militar para la década de los años veinte.

# DEATHLOK

**Primera aparición:** *Astonishing Tales* n.º 25 (agosto de 1974).
**Nombre real:** Varias identidades: Luther Manning, Michael Collins, Michael Peterson...
**Aliados:** S.H.I.E.L.D., Lobezno, La Cosa, Spiderman, Capitán América, Los Vengadores.
**Enemigos:** Simon Ryker, H.A.M.M.E.R., Mentallo, Arreglador, Roxxon.
**Poderes y armamento:** Fisiología cibernética. Sentidos y fuerza aumentados. Cerebro computerizado.
**Creado por:** Doug Moench y Rick Buckler.

## Marvel tiene sus propios ciborgs

Una década antes de que **RoboCop** se dejase ver por primera vez en las salas de cine, causando furor entre una generación de impresionables jóvenes, Marvel Comics había introducido al primer **ciborg** en su universo de ficción, quien pasaría a convertirse en un referente de culto entre los seguidores de la editorial y en un concepto recurrente entre los guionistas actuales que crecieron durante los años setenta. La idea de partida detrás de **Deathlok**, apodado **El Demoledor**, es clásica. Un hombre muerto, en muchas ocasiones con una afiliación militar anterior, es reanimado con tecnología cibernética y traído de nuevo al mundo de los vivos para ser empleado como arma de combate definitiva. El primer resultado del experimento de la "**tecnología Deathlok**" es **Luther Manning**, quien despierta en un mundo post apocalíptico devastado por una guerra nuclear. El relato estaba lleno de acción, ciencia ficción, conflictos internos de Manning entre su parte máquina y su parte humana y crítica social, siendo Manning un soldado de raza negra.

## Deathlok, ¿agente de S.H.I.E.L.D.?

La presencia de ciborgs en la cultura popular está fuera de toda duda. Desde la producción cinematográfica de Paul Verhoeven (*Starship Troopers, RoboCop*) hasta obras de culto como *Blade Runner* o *Battlestar Galactica* cuentan con ciborgs en su haber, además de otros populares personajes del mundo del cómic como Ciborg de los *Nuevos Titanes* en DC Comics o los particulares animales protagonistas de *We3*, la obra de Grant Morrison y Frank Quitely. En lo respectivo a *Deathlok* y tras el éxito de la miniserie a cargo de Charlie Huston, escritor famoso de novelas como *Already Dead, Half the Blood of Brooklyn* o *The Mystic Arts of Erasing All Signs of Death*, el personaje se dejará ver por la serie de televisión *Agentes de S.H.I.E.L.D.* bajo una nueva identidad, Mike Peterson, interpretado por J. August Richards. De hecho, el personaje es el elegido por Joss Whedon (director, creador y guionista de la serie) como el villano del primer capítulo, lo cual indica que existen planes a largo plazo para el ciborg por excelencia de Marvel Comics

## Los organismos cibernéticos

Técnicamente, un **ciborg** (ciberorganismo u organismo cibernético) es el resultado de una mezcla de elementos orgánicos/humanos y dispositivos cibernéticos, en mayor o menor medida, que mejoran las capacidades de la parte orgánica. Bajo esta definición, podría afirmarse que una persona con marcapasos o con un implante coclear en el nervio auditivo pueden ser ciborgs. Uno de los mayores problemas que presenta esta tecnología es su fuente de alimentación, ya que no se puede modelar como infinita y precisa de un cambio periódico de sus baterías. Como solución, se puede adoptar por una técnica de **Energy Harvesting**. Con este método, la energía de diversos agentes ambientales externos no electrónicos (energía solar, energía térmica, energía cinética, vibración, etc.) es adquirida, almacenada y convertida en energía eléctrica para emplear en dispositivos electrónicos, generalmente de bajo consumo. Esta tecnología tiene dos grandes ventajas, independencia del cableado y autonomía casi perpetua en cuanto a alimentación, las cuales compensan con creces las desventajas que suponen la dificultad y coste de desarrollo, siendo una capacidad cada vez más estudiada y perseguida por científicos e investigadores de todo el mundo e implementada ya en muchos sistemas (redes de sensores, implantes biomédicos, interruptores, etc.).

# JUEZ DREDD (Judge Dredd)

**Primera aparición:** *2000 AD* n.º 2 (marzo de 1977).
**Nombre real:** Joseph Dredd.
**Aliados:** Abner Cobb, Fergee, Henry Ford, Joe Lazarus, Max Normal, Monty, Novar, Tweak.
**Enemigos:** The Angel Gang, Chopper, The Dark Judges, Morton Judd, Armon Gill, PJ Maybe, Judge Grice.
**Poderes y armamento:** Pistola Lawgiver con reconocimiento de la palma de la mano de Dredd.
**Creado por:** John Wagner, Carlos Ezquerra y Pat Mills.

## El antihéroe británico por excelencia

Hasta la llegada de las revistas *2000 AD o Warrior* (donde **Alan Moore** publicaría obras maestras como *V de Vendetta* o *Marvelman*) a comienzos de los años ochenta, la mayoría de la producción británica de cómics tenía un enfoque infantil y humorístico, con excepciones famosas como el caso de **Dan Dare** (en el magazine popular conocido como *Eagle*). Con 2000 AD esta tendencia cambió y se revitalizó una industria que había sufrido mucho durante la década de los años setenta, dando paso a temáticas de ficción y aventuras, sin dejar de lado el particular sentido del humor británico. Entre las creaciones más destacadas de esta antología semanal destacaba con luz propia la del **Juez Dredd**, una creación **de John Wagner** y **Carlos Ezquerra** (curiosamente ambos eran extranjeros, nacidos en EE.UU. y España respectivamente). Ambientada en un futuro distópico y semi apocalíptico, el protagonista es el Juez Joseph Dredd y es un agente de la ley estadounidense. Bajo su poder, puede ejercer de policía, juez, jurado y de ejecutor en los casos que le son asignados, pudiendo perseguir, detener, condenar, interrogar, amenazar e incluso matar a los sospechosos que ellos consideren. Dredd disfruta igualmente de todas esas acciones y es la autoridad absoluta y una de las personas más temidas de Mega-City.

## Factura americana y británica para el Juez Dredd

El Juez Dredd no iba a ser menos y él también quería salir en la gran pantalla. De hecho, lo ha conseguido por partida doble. La primera adaptación (a cargo de una productora americana, lo cual explica muchas cosas...) data de 1995, cuando un por entonces omnipresente **Sylvester Stallone** interpretó al Juez Dredd tras rechazar el papel en el último momento **Arnold Schwarzenegger** al enterarse de que tendría que aparecer en pantalla con el casco en la práctica totalidad de la película. En 2012 y con una factura británica y un acabado en 3D, el Juez Dredd regresó a la pantalla grande en una película dirigida por **Pat Travis** y con **Karl Urban** en el papel de juez, jurado y verdugo. La buena recepción de la película en guión y apartado técnico (a pesar de las críticas en torno a la excesiva violencia) han dejado la puerta abierta para una secuela e incluso una trilogía completa. Definitivamente, al mundo le vendría bien más Juez Dredd.

## La clonación en los cómics

El Juez Dredd y su «hermano» Rico Dredd fueron clonados del **Juez Supremo Fargo**, conocido también como el padre del sistema de justicia actual y uno de los primeros jueces de Mega-City, siendo uno de los personajes más importantes y misteriosos de la mitología Dredd. Sin embargo, el recurso de la clonación no es exclusivo de estos personajes, ya que es fácil encontrar numerosos ejemplos, desde **Bizarro** (clon imperfecto de **Superman**) hasta **Ben Reilly** (clon excesivamente perfecto de **Peter Parker,** hasta el punto de que se llegó a pensar que la copia era realmente el original). Científicamente, la clonación es el proceso mediante el que se consiguen copias idénticas de un organismo, molécula o, a gran escala, humanos o partes determinadas de humanos con objetivos curativos o terapéuticos a partir de una copia perfecta del ADN original. Envuelto en un enorme debate ético, religioso e incluso científico, la viabilidad de la clonación de humanos todavía es una incógnita, pero los últimos avances científicos han puesto de manifiesto que las historias narradas en la ficción como este futuro distópico del Juez Dredd quizás no sean tan imposibles como puedan parecer.

# FUENTES

## Bibliografía


Conde, Javier, *Del Tebeo al Cómic. Un mundo de aventuras*, LIBSA, 2001.

Coma (dir.) Javier, *Historia de los cómics,* Toutain Editor, 1983-1984.

Daniels, Les, *DC Comics: Sixty Years of the World's Favorite Comic Book Heroes*, Bulfinch Press, 1995.

Daniels, Les, y Harry N. Abrams, *Marvel: Five Fabulous Decades of the World's Greatest Comics*, 1993.

Guiral, Antoni (dir.), *Del Tebeo al Manga: una historia de los cómics*, Panini Cómics, 2007-2013.

James Kakalios, *La Física de los Superhéroes*, Robinbook, Ma Non Troppo, 2006.

Kaku, Michio, *La Física de lo Imposible*, Debate, 2009.

Moliné, Alfons, *Mangamanía,* Planeta-DeAgostini, 1992.

Morris, Tom, *Los Superhéroes y la Filosofía: La Verdad, la Justicia y el Moso Socrático,* Blackie Books, 2010.

Naranjo, Francisco, *Alan Moore (Magia y precisión)*, Sins Entido, 2004.

Palacios, Sergio, *La guerra de dos mundos: superhéroes y ciencia ficción contra las leyes de la física*, Robinbook, Ma Non Troppo, 2011.

Scaliter, Juan, *La ciencia de los superhéroes: los poderes y proezas de héroes, antihéroes y villanos y las leyes de la física*, Robinbook, Ma Non Troppo, 2011.

## Sitios web

Comics Beat. www.comicsbeat.com
Comic Vine. www.comicvine.com
Dark Horse Comics. www.darkhorse.com
DC Comics. www.dccomics.com
Elert, Glenn, *The Physics Factbook*, en hypertextbook.com/ facts/
Entrecomics. www.entrecomics.com
Grand Comics Database www.comics.org
Image Comics. http://imagecomics.com
King Features Syndicate. http://kingfeatures.com
Marvel Comics. http://marvel.com
Zona Negativa. www.zonanegativa.com

**LA CIENCIA DE LOS SUPERHÉROES**

**Juan Scaliter**

Cuando nacieron los superhéroes del cómic, sus poderes provenían de otros planetas, de extrañas mutaciones o de fallidos experimentos. Quienes disfrutaban de estas lecturas lo hacían sabiendo que nunca podrían ser invisibles, tener la fuerza de diez hombres, los huesos de acero o hacer una copia de su cerebro... Pero quienes imaginaron el universo de superhéroes y villanos, sí creyeron que era posible. Por esto, este libro, a lo largo de más de 60 personajes, muestra cómo la ciencia ha logrado recuperar recuerdos de un cerebro muerto (uno de los poderes que ostentaba Linterna Verde), crear nuevos elementos (como el adamantium delos huesos de Lobezno), concebir un cuerpo con órganos artificiales o directamente la vida artificial -según anticipaba Richard Reeds de los 4 Fantásticos - o diseñar un suero para convertirnos en superatletas, como el Capitán América. Y todo esto en poco más de 40 años.

**EN LA MENTE DE LOS SUPERHÉROES**

**Juan Scaliter y Manuel Cuadrado**

Gracias a su popularidad, los superhéroes se han convertido en modelos de todas las opciones que puede abarcar nuestro cerebro. Ellos reflejan las distintas personalidades y capacidades existentes en nuestra sociedad: desde la más vil de las maldades, como Carnage, hasta el sacrificio por el bien común que asume Silver Surfer, pasando por la genialidad de Reed Richards o explorando la posibilidad de un cerebro artificial como Deathlock. Este libro explora los mecanismos del cerebro humano a partir del ejemplo de los superhéroes de ficción. Analizando sus motivaciones pueden obtenerse respuestas a muchas de las reacciones humanas.

**LA GUERRA DE DOS MUNDOS**

**Sergio L. Palacios**

En este libro, el profesor universitario Sergio L. Palacios recorre los intrincados recovecos de la física de una manera amena, divertida, diferente y, sobre todo, original. Sin hacer uso en absoluto de las siempre temidas ecuaciones (solamente aparece, y en una única ocasión, la célebre E = mc2 en todo el texto) y mediante el empleo de un lenguaje moderno, claro y sencillo en el que abundan los dobles sentidos y el humor, el autor aborda y analiza con la ayuda de películas de ciencia ficción todo tipo de temas científicos, muchos de ellos de gran actualidad, como pueden ser el teletransporte, la invisibilidad, la antimateria, los impactos de asteroides contra la Tierra, el cambio climático y muchos más.

**LAS HAZAÑAS DE LOS SUPERHÉROES Y LA FÍSICA**

**Sergio L. Palacios**

Pocas personas acuden a una sala de cine con la pretensión de desentrañar los misterios científicos que se ocultan tras las espectaculares escenas de una película de ciencia ficción: las hazañas increíbles y sobrehumanas de los superhéroes, los vertiginosos viajes de naves espaciales equipadas con armas devastadoras y sistemas de defensa futuristas, máquinas del tiempo fantásticas, etc. Sin embargo, unas pocas de esas mismas personas, entre las que se encuentra el autor de este libro, deciden ir más allá y plantearse las posibilidades reales de las ideas propuestas por los guionistas de Hollywood.

## LA FÍSICA DE LOS SUPERHÉROES

### James Kakalios

En este libro, el reconocido profesor universitario James Kakalios demuestra, con tan sólo recurrir a las nociones más elementales del álgebra, que con más frecuencia de lo que creemos, los héroes y los villanos de los cómics se comportan de acuerdo con las leyes de la física. Acudiendo a conocidas proezas de las aventuras de los superhéroes, el autor proporciona una diáfana a la vez que entretenida introducción a todo el panorama de la física, sin desdeñar aspectos de vanguardia de la misma, como son la física cuántica y la física del estado sólido. ¿Sabía que partiendo de la altura que era capaz de saltar Superman en sus primeros tiempos se puede deducir la intensidad de la gravedad en su planeta de origen, Krypton? ¿Y que, a la vez que aprendemos nociones de física estelar y planetaria, es posible estimar la estructura de dicho mítico planeta, lo que de paso proporciona una explicación de la causa que provocó su cataclismo final?

## PELÍCULAS CLAVE DEL CINE DE SUPERHÉROES

### Quim Casas

Trazar un mapa del cine de superhéroes no es tarea fácil. Algunos personajes de esta modalidad no tienen poderes especiales, caso de uno de los más significativos, Batman, pero ello no es obstáculo para que representen a la perfección su mitología y sus dualidades. Sin héroe no hay villano, y sin villano no tendría sentido alguno la existencia del héroe, y sobre esta idea han girado no pocas películas. Esto es lo que pretende el presente libro, trazar ese mapa y que sea lo más panorámico y riguroso posible.